池小凡
［著］

魔法少女夕音
MAGIC GIRL XI YIN

目录

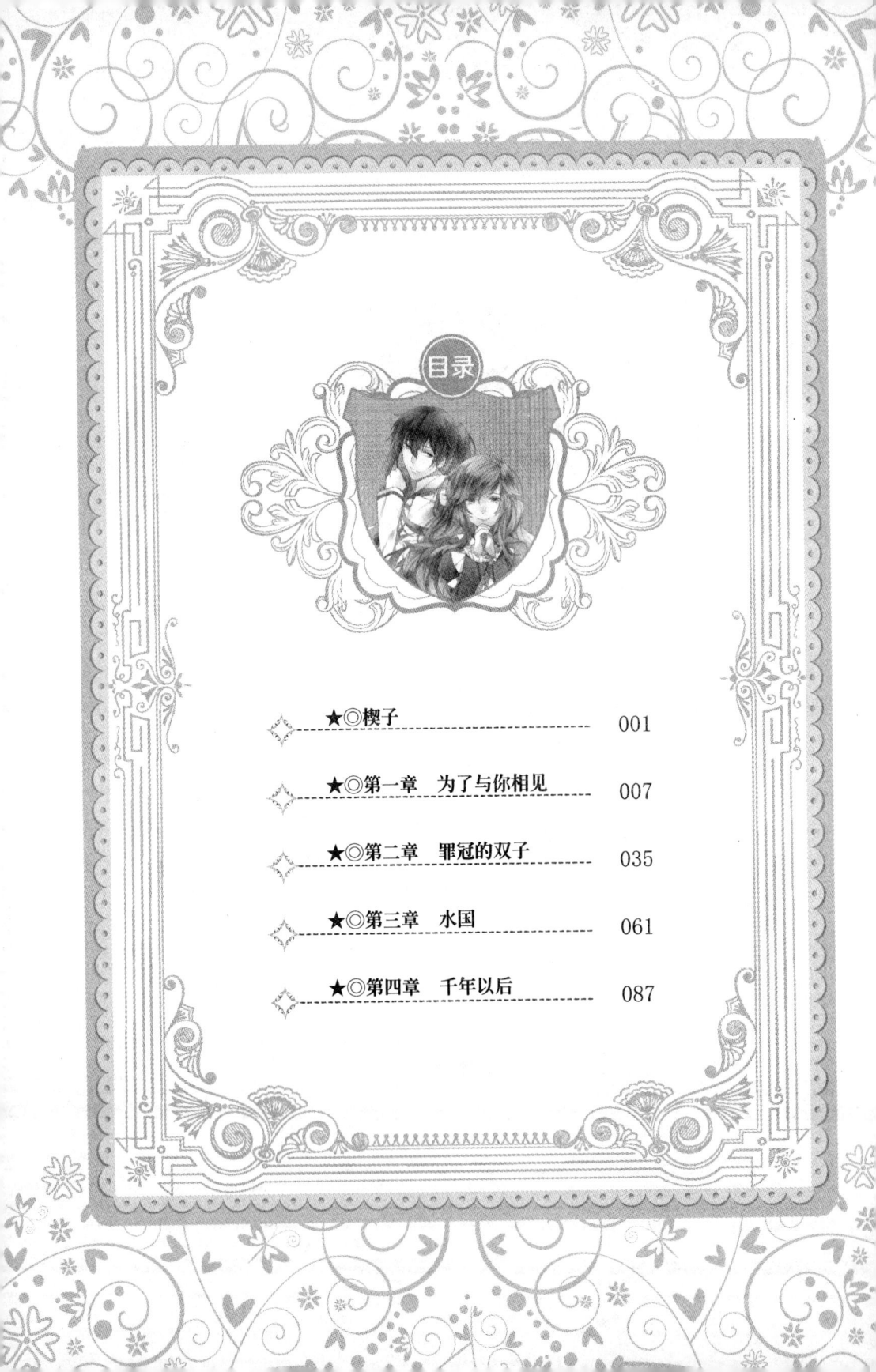

★◎楔子 ……………………………… 001

★◎第一章　为了与你相见 ……… 007

★◎第二章　罪冠的双子 ………… 035

★◎第三章　水国 ………………… 061

★◎第四章　千年以后 …………… 087

目录

★◎第五章　囚笼之鸟　　　　113

★◎第六章　落跑王子　　　　141

★◎第七章　漂浮之国　　　　165

★◎第八章　守护神　　　　　189

★◎第九章　宿命的恋人　　　213

楔　子

　　"白尘！"夕音惊恐地叫着他的名字！
　　星辰的光坠落下来，极为细碎游离，渐渐蒸发，化为无形。"这一次，轮到我去找你了。"夕音抬起头，咬着唇，压低了声音，语气坚决地说着，"不管在什么地方，用什么方法，要多久的时间，这一次轮到我去找你。我一定会去找你！"

一切都太过熟悉,那是曾经无数次出现过的梦境,多到夕音已经分不清这究竟是梦,还是真实的记忆。

夕音和白尘牵着手走在街道上,她拉着他买了一个三色冰淇淋,把不喜欢吃的香草口味送到他的嘴边,他似乎也不喜欢这种味道,不过还是皱着眉头吃了下去。

她哈哈大笑。

街上好多人都在看他们,夕音丝毫不介意大胆地搂着白尘的手臂,故意亲密地凑到他的耳朵边说话,幸福地笑着,仿佛想让世上每一个人都来嫉妒她有一个这么帅的男朋友。

他们去了游乐园和水族馆,逛了魔法商品店、小吃店、服装店……她还买了一大堆的东西,还拍了一大堆的大头贴,然后他们再坐公车、坐地铁,连一秒钟都没有浪费,去每一个能够想到的地方。

最后,他们一起"潜入"了学校——建立在浅川河畔的浅川学园,是整个王都都闻名的地方。

夕音在草地上坐下,面朝着流淌的河水。白尘抿着唇,阳光让他的脸看起来温柔而安宁,他一直浅浅地看着,一直看着她。

"对了,一千年前的浅川河也是这个样子吗?"

"那时候可没有这个学校。"他坐在她的身边,让她舒服地靠在他的肩膀上,把全身的重量都交给他。

他的身体好凉,说话的声音好轻好轻。

他神情安静,笑容更是虚幻得就好像随时会随风化去一般。

时间已近黄昏,如血的夕阳将雪白的云朵也染成红色,流水的声音听在耳里是那么温柔。夕音把头埋在白尘的胸口,紧紧搂着他的脖子。

"下次再去吧,参加九月祭,去美术展……"她呢喃着。

"还有抢草莓,还有烟火大会……"

她清楚地回忆起他们一起去烟火大会的情景,看着烟火一朵朵地在天空中爆开、绽放、坠落……河水的波光将无数的星火倒映在眼里,大家都仰望着天空,他突然出现了,帮她找到了草莓糖,然后把糖塞进她的嘴里。那时,他的眼睛比夜空还要漂亮。

找到了……他在她耳边反复说着这么一句:"找到你了,找到了……"

"还有化装舞会……我们学校的九月祭,最后一天晚上有一个盛大的化装舞会,不过上次错过了。你答应过我,明年要跟我一起去的哦,可不准食言……"夕音虽然说着,声音已经渐渐哽咽。

他仍然没有说话,只是把手轻轻放在她的头上,修长的手指插进她的发间,一遍遍地梳理着,无声地安抚着她。

"……我还有好多的地方想去,只要是没过去的,都想去……不止是王都而已,蜜亚有那么多城市,我都想去,还有外国,我们一起去吧!一边旅游,一路帮忙消灭魔物,就好像小说里面的英雄人物一样!"

她一直喋喋不休地说话,表情夸张,就算说着根本没有趣的事也一个人哈哈大笑,连一秒都不敢停下来,一点点的沉默都让她感到害怕。

他始终只是静静地听,只有当她问到最后一个问题的时候,他回答了。

"我们这个时代很方便对吧?呵呵,有很多好吃的东西,还有电视、汽车、飞机,还有路灯……而且可以用现成的魔晶石……怎么样,你觉得呢?"

他顿了顿,然后轻声地说:"这里有你。"

楔子

夕音的心被轻易撕裂了,泪水终于夺眶而出。

"这一次,轮到我去找你了。"她抬起头,咬着唇,压低了声音,语气坚决地说着,"不管在什么地方,用什么方法,要多久的时间,这一次轮到我去找你。我一定会去找你!"

"好。"

他笑了笑,虚弱的神色一丝丝地从他的脸上浮现,随后,他的发色也慢慢地变淡了。

天色渐渐地暗了,天空的颜色也由蓝变为灰白,他脸部的轮廓突然变得有点模糊。她就像第一次遇到他一样,深深地看着他,连眼睛都舍不得眨。

"夕音,你转过身去。"他凝视着夕音的眼睛,突然说道。

"为什么?"

"转过身去再说。"

"嗯,难道你有什么惊喜要送给我吗?好吧,那就听你的!"明知道他没有东西要送,她却故意这么说,但心里又有点不安,于是又马上补充道,"你要快点哦,我只等你半分钟!"

"嗯。"他缓缓地微笑一下,然后点头。

夕音迟疑一下,转过身去背对着他,马上就开始倒数了:"三十,二十九,二十八……"

身后静静的,他一直没有说话,她心中的不安也开始逐渐扩大……当夕音数到"十一"的时候,终于再也忍不住了,她等不及数完就马上回过头去。

朱红的泪痣,漆黑而又熠亮的眼眸,目光中带着淡淡的忧伤,黑色丝绸一般的头发在空气里飘荡着,轻柔得不可思议。

"白尘!"夕音惊恐地叫着他的名字。星辰的光坠落下来,极为细碎游离,它们在空气中流转,然后慢慢地……流动着穿过他的身体,就好像清晨的露水，渐渐蒸发，化为无形。

她只看到他的影子越来越淡，越来越淡……她的手在发抖，一寸寸地向他靠近，而即使这样，还是再也无法触及。

每次只要她一哭，他都伸出手来放在她的额上，他总是这么笨拙地安慰着她。可是这一次，再也不能了。

天彻底地黑了，河水的流淌声第一次那么清晰地传进耳朵，夜空亮起无数的星星，那种感觉混合着温柔与忧伤，好像某一个熟悉的梦境……

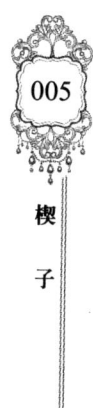

楔子

第一章
THE FIRST CHAPTER
为了与你相见

"莫夕音,我暂时不会杀你。但你必须说出来自哪一个时空,和来到这个世界的目的。还有,你为什么叫我小白?怎么会知道我姓白?"抬眼看到那张熟悉的又俊美无双的脸,救下我的人正是白尘。

他将我牢牢地护在温暖的怀里,有力的双臂正抱着我,让我忍不住又在想自己是不是做梦。

—— 1 ——

"砰！"

我知道自己掉进池子里了。同时，我也知道自己正在穿越时空。

没有溺水，也没有呼吸困难的感觉，我甚至都听不到水声。

头脑有些晕沉，一瞬以后，眼前的一切景象都消失了，我不知道自己身在哪里，但肯定不是水池中就是了。原来在时空之中穿梭是这样的感觉，很神奇。

勉强睁开眼，入目的是一片连绵不绝的绿海，太阳刚从东边升起，温和的阳光洒落在苍翠的山脉上，让白纱一般的云海恍若有了实质一般，在山间流淌。

是了，我努力伸出手臂，看来这里就是时间的缝隙之中……

我下意识地将手中一颗宝石抓得紧紧的，这颗宝石叫时空之钻，非常重要的东西。多亏了它的魔力，我才能在时间的缝隙里穿梭，到想要去的任何时空之中。但如果弄丢它那可就惨了，说不定会就此迷失在时空的缝隙里，永无止境地漂流下去，再也回不到我的世界。

也不知道过了多久，忽地，空气产生震荡，一个低沉而怀念的声音，带着魔力的气流卷了过来。

这是他吗？我心里一个激灵。

我慌忙地东张西望，四处寻找，很快就看到了一个有点眼熟的巨大圆形建筑，那是位于四周最高的山顶上雄壮而神圣的白色祭坛。

上百个穿着白色长袍的人密密麻麻地站满了祭坛的每个角落，随着每一句吟唱的结束,四周的气流都更加强烈。看这阵势,他们似乎正在进行着一场盛大的祭祀活动。

在正中间最高的方台上,一个熟悉的身影正静静地站在那儿。纯白色的衣服,黑色绸缎一般的长发扎了起来,端正而美丽的面孔上,一双漆黑的眸子平静地看着天际一角。

那正是在我梦中不断出现,在记忆的轮回里最深处的模样,曾经微笑着消逝在我眼前,带着一种温柔而悲伤的表情。

我简直不敢相信自己的眼睛,脑中也是"嗡"的一下只剩下空白,都不知道该做什么反应才好了。

是的……那个人是他!为了见他,我才用时空之钻穿梭时空来到了这里——距离我生活的时代一千年以前。

可我还没做好心理准备啊!本来以为就算来到这个时代,也要经过一番寻找才可能见到的,可谁又会想到……第一个看到的人就是他啊!我该高兴还是惊讶……这是不是有点发展过快啦?

先给我一点心理准备好不好?!

无法形容那种感觉,只是那一瞬间觉得我和他一次又一次相遇,称之为"命运的安排"也不为过吧。

这么想着,眼泪又要不受控制地掉下来了。

"小……"

刚张口喊出了一个字,冰冷而猛烈的空气便狠狠灌进嘴里,我这才猛然发现,自己正从半空像一只突然失去翅膀的鸟儿般飞快地掉向地面!

白尘的身影越来越大,那张熟悉的脸也越来越清晰,我已经能够看到他额前被晨风吹起的几缕发丝!

"停!……"

情急之下,我慌忙使用了漂浮魔法。这个时代的魔法能源果然充沛

无比，都不需要怎么费力，魔力就从四周涌向身体，如同小型龙卷风一般凝聚成一股强大的气流，将我整个人向上托起。

在一千年后需要很费力才能勉强用的魔法，现在竟然这么轻松就完成了，简直有些不适应。

乍然就见到白尘，让我有点激动过了头，又差点摔死，所以一时没控制好，还没反应过来魔力就已经失控。本来只是想稍微浮起来的，但却突然刮起了狂风，"哗啦啦"将祭坛上的物品刮得乱七八糟，再"砰砰砰"全部掉在地上。祭司们也被刮得东倒西歪哀叫连连，不知道发生了什么，全部坐在地上目瞪口呆地盯着我。

呃，完了……

我抱头，这不是闯祸了吗？

可现在也管不了那么多，我下意识地趁着这股风，不顾一切就向小白扑了去！他会帮我的，不管现在是怎样的状况，只要有他在就什么都不重要。

"终于见到你了……终于……"

四下的狂风很快停歇下来，我跌坐在地上，用力趴在他的身上，眼角发酸地抓着他的衣服，望向那对熟悉的眼睛，简直就想马上放声大哭出来。

"你是谁？"

从他嘴里吐出了熟悉的声音，然而语气却有些冰冷，他似乎被我一头撞在胸口上，撞得有点痛，一脸的不悦。

猛然间，我这才想起，是的，这是一千年前的世界。这个时候的他应该并不认识我才对……这时的他并没有经历那些事，他只是从小在神殿长大，几乎没有接触过外界的人，是一个单纯的大祭司，所以……他不认得我。

我呆呆地看着这张面孔，心里顿时酸涩起来……刚经过了生离死别的白尘，这一刻却又活生生地站在面前。

熟悉的表情，熟悉的发型，甚至连他身上散发出来的味道，都是那样的触手可及。

可不同的是，白尘此刻看向我的目光，是那样的冷淡。

这种熟悉而又陌生的感觉，让我兴奋的头脑也顿时冷了下来，变得有些不知所措。

两人沉默片刻。回过神来时，我这才感觉无数道莫名其妙又带着惊恐的目光正落在我的脸上，于是慌忙站起来，对那些刚才被风刮得东倒西歪还没爬起来的众人硬挤出一个傻笑。

"呃，对不起，那个，反正我不是故意的……"

"你到底是谁？"白尘打断我的声音。

他冷着脸向前逼近一步，身上魔力强烈的波动令我下意识地警戒起来，我丝毫不会怀疑，只要我稍微有一点可疑的举动，他就会毫不留情地攻击过来。

我知道，我的梦中有很多关于这个时代的记忆，像这样大规模的祭祀活动，对整个国家来说一定是非常重要和神圣的事情，而我突然就掉下来搞砸了。白尘没有把我烧成灰，已经算是很幸运了……

看他微眯着眼睛一副严肃的模样，我不由得心里发苦，不是吧……

好不容易才找到你，你却要攻击我吗？

别说刚才情急之下消耗了大量的魔力，就是在最佳状态，十个我也不是他的对手啊！更不用说他四周还有这么多帮手……随随便便就可以要了我的命。

这些都是始料未及的事情，让我加倍慌了手脚，只觉得血都逆流了，只能望着他，结结巴巴地说："小白，我……"

我相信他不会这么做的！

就算……就算他现在根本不认识我，但也不至于对着一个女生下毒

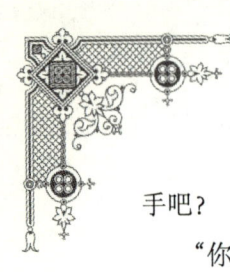

手吧？

"你叫我什么？"听到这个称呼，他皱起眉来，那脸色几乎已经铁青了，"你怎么会知道我的名字？"

"我……"我呆了呆，难道要我告诉他因为某种原因：我们曾经在另一个时代相遇并且相爱，然后你悄然离去。于是我就穿越时空来找你，但现在终于重逢你却不认识我了……我张开嘴，好半天也说不出话，这根本就说不清楚啊！

就算说出来也不会有任何人相信我吧……肯定会被骂神经病的。

"对不起……"

最后，好不容易从嘴唇挤出了声音，却只有这样的一句话。

我心里一阵难过，明知道他现在对我本来就一无所知，然而这么想念的人就在眼前，这么辛苦才来到他的身边，却变成这样，实在没有办法不郁闷。

小白没再说话，只是微微眯起那双漆黑的眼睛，定定地看着我。

我知道自己在他的眼里一定很奇怪，蜜亚王国从很多年前起，所有具有魔法天赋的人都由神殿管理着，突然冒出一个不认识的女孩，能使用魔法不说，而且还穿着奇怪的衣服，叫着他的名字，捣乱了重要的祭祀……

知道不妙，但我却根本不想逃，既然都变成这样了，也索性什么都不管，只是红着眼睛望向他。

忽地，他向我伸出手来。

那修长的手指，洁白光润的指尖，带着熟悉又陌生的气息，轻轻按在我的额际。

我没能忍住，眼泪唰地掉了下来，这一刻什么都不再想了，只是下意识地抓紧了手中的时空之钻，痴痴地看向他的脸。

哪怕时间有限，哪怕他并不认识我，我都想留在这里，留在这个地方和他一起。

我突然哭起来显然令他有点意外,他的脸上掠过一丝异色,随即收回了手。

真的好丢人啊!

我明明也不是爱哭的人,为什么偏偏在这么重要的时候眼泪掉个不停呢?人家怎么看我啊,真的会被当成神经病啦!

就算在心里不断地臭骂自己,然而我仍然无法动弹,无法控制地流了满面的泪水。

白尘皱了皱眉,他的手指离我只有一点的距离,我怔怔地望着他,只见一点微黄的光亮从他指尖亮起……

"叮铃铃——"

似乎从哪儿传来了几声清脆的响声,白尘指尖的光芒也渐渐消失,他将目光从我的脸上移开,手重新指向了我,那一刻,他的眼神神圣而庄重,凛然不可侵犯。

我忽然明白,原来这才是真正的他,有尊贵的地位,肩负着巨大的职责,他不止是我梦境中回忆里温柔忧郁的恋人,还是这个王国的大祭司。

他缓慢而清晰地说道:"你是谁?你并不属于这个世界!还擅自破坏了时空的秩序,你,会给这个国家带来不祥!"

简单的两句话,让所有人脸色都为之一变。

虽然他说的好像也没错,但听到这样的预言,我整个人都傻在当场,怔怔地吐出两个字:"什么?"

"大祭司,请您准许我们当场处死她!"

不知道什么时候跑出来一堆神殿侍卫,双目赤红地瞪着我。

呃?说什么啊?为什么是这种发展!

我顿时慌了,不、不会吧……

"你不会真的要杀我吧……"我傻了,有点语无伦次。

好不容易来到这个时空,结果他竟然要杀了我?这也太搞笑了吧……想到这里,我连表情都僵硬了,脸色迅速发白,还抱着最后一点点希望叫他的名字,"小白……"

听到我又叫"小白",他脸上的表情加倍不悦,像笼罩了一层薄薄的寒霜,"先把她关起来。"说着转过身去,再也不看我一眼。

"不行!"我急得放大了声音。

被紧紧攥在手心中的时空之钻忽然发起热来,仿佛在响应着我的喊声一般,从掌心传过来一股温暖的力量。

空间在无形之中摇晃了一下,我也不知道发生了什么,时空之钻发出淡淡的黑色光芒,我震惊地看着自己的身体正逐渐变得半透明起来。

"抓住她!"白尘凌厉的目光向我逼来,明明熟悉得不能再熟悉的脸,可那一瞬间却让我不由自主地颤抖起来,感觉我们是那么陌生。

好吧,事实上,对他来说确实是第一次见到我。而我,也一直是在梦境和回忆之中见过他。

可还是有强烈的无助当头笼罩,我再也忍不住,再怎么骂自己没用,还是再次流下了眼泪。

在众人的围捕之中,我呆站在原地,像是薄雾一般突然间消失了。

—— 2 ——

我躲在一棵大树后面气喘如牛,现在已经过了中午。

靠着时空之钻的力量,我自己都忘记已经是第几次摆脱身后的追兵了。腹中的饥饿感不断地提醒着我早就过了用餐时间,渐渐沉重疲软的双腿也充分说明体力透支得过分厉害。

要不是靠着魔力勉强支撑，我实在快要撑不住了。

唉……

很神奇的，时空之钻并没有将我带回一千年后的世界，而是时空置换，将我从围困中传送走了，偏偏传送得又不远，就在神殿附近，都没有坐下来喘口气的时间，就马上又被人发现了！于是一整天我就在追堵中用魔法逃来窜去，累也累死了。

看来哥哥给我的这个时空之钻，还有进行空间传送的功能。

大概因为是时空魔法的道具，所以可以这样用吧……但我对它还不了解，所以只能传送到很近的地方。

不过同时，有件事令我很在意——时空之钻的颜色变得比之前要淡一些了，稍微显得有一点透明，看来我不能在这个世界太随意使用魔法，否则我能留在这里的时间会越来越短。

"快，在那边！"

远处又传来了追兵的叫喊声，我深深地吸了一口气，暗骂着这些神殿的士兵，已经追过了几个山头，怎么还不肯放弃啊？

艰难地抬起脚步，魔力稍微恢复，我开始了又一次的逃亡。

锋利的杂草和长满尖刺的蔓藤，将我裙子下面的小腿划出了口子，又痒又疼，加上树林里潮湿的空气，呼吸都觉得异常困难。

我也不知道自己跑到哪儿了，但我清楚，自己的极限也差不多了。再爬上这个山头，几乎就要脱离王都的范围，那些追兵也应该要放弃了吧？

转过身去，我远远看向王都的方向，在最中心的地方就是神殿与王宫了……小白应该还在那里吧？

这么想着，心里突然涌起一股悲伤。就算明明知道他在那里，可我呢，却在朝着远离他的方向逃走。这样下去就算是继续留在这个时代，以后是否还能有机会再见他也是个未知数。

我是为什么来到这个时代？只是想要见他，然而见到了以后又该做什么，却完全没有想过。

其实我只要能在他身边就好。

而自己正在做的，却是完全相反的事情。

"我真笨！"我咬着牙跺了跺脚，"他不是要把我关起来吗？就算关起来又有什么关系？那样也比现在离他更近一点不是？说不定他还会经常来看我，为什么我没有早点想起来？"

想到这里，我混乱的大脑终于平静下来。

明明是这么简单的事，为什么直到现在才想明白呢？

也许是因为哥哥突然把时空之钻给了我，又突然被他推入池中，在一点准备都没有情况下，就这么看到了小白，并且他根本就不认识我……太混乱了，根本就不知道自己该怎么办，然后……一切都是乱七八糟的。

我也不逃了，更不能再浪费魔力了，而是停下脚步，靠在树林边休息起来。

"快，她在这里！"过了好久，神殿的追兵才找了过来，一个个如临大敌一般，小心翼翼地把我围了起来。

"我问你们。"我反而是走近了一步，轻声问道，"小白……大祭司有没有交代，如果我被抓了，是关在哪里？王宫还是神殿？"

士兵们面面相觑，用看外星人一般的目光呆呆地瞪了我半天，似乎不明白为什么我突然不跑了，而且竟然还笑了。

"你、你问这个干吗？"一个士兵走了出来，语气充满怀疑。

"你回答我，我就让你们抓。"

他又是一愣，半天才说："神殿没有监狱，你会被关在王城内。"

这样啊，我心里算了算，那也离神殿很近了。

不如说正合我意。

"那好,"我跳下石头,将两手举了起来,"我让你们抓,不过你们不能太粗鲁。"

士兵们不敢相信竟会有这样的事情,最后见我真的没有玩弄他们的意思,这才出来两个人将我一通五花大绑,押着我朝王都的方向走去。

大概是我的积极配合和一脸老实认罪的模样,让士兵们对我的态度还不算太粗暴,被一路押进阴冷森严的王都大牢,厚重的铁门一关,就隔开了光线和白尘所在的世界。

这个牢房不同于一般的牢房,简直就是暗无天日的小黑屋,坚石的墙壁、地面的泥土都异常坚硬,唯一的光亮就是来自铁门上的探视口。

看来这次是被当成十级重犯处置了!

我心情有点郁闷,在黑暗中缓缓坐下来。

士兵告诉我白尘要先处理被破坏的祭典,还没空理我,还不知道要过多久这种暗无天日的时光。

以前与白尘相处过的点点滴滴,在这个时候就像是或模糊或清晰的画面,从四面八方慢慢地渗透出来,包围着我,带来暖意。

"小白……"我闭上眼睛,眼泪随之掉落。

在被关进牢房后,时间也变得格外漫长,我只能靠着送饭的时间来判断自己在这里度过了几天。

四天之后,厚重的铁门被缓缓打开,并不算明亮的光线让我觉得有些刺眼。

几个士兵将我带出了牢房,走出灰暗的通道,一直到了一个宽敞洁净的房间,我才终于再一次见到了白尘。

他在离牢房不远的厅堂中坐着,纯白色镶金纹的大祭司长袍像水一样垂到地上,神情冰冷中带着凛然的圣洁高贵,如雕像般深刻的五官还有略微的疲惫,不知道是不是因为我破坏了祭祀活动,让他不得不做补救工作而过分操劳。

梦境与回忆中的人现在就在眼前，再一次看到了他，我沉寂的心又再次热烈地跳起来，眼眶也像烧起来一样变热，险些又要丢脸地飙泪了。

哪怕后面正被士兵们押着，也情不自禁地上前了两步，立马被身后的士兵狠狠地抓住，拧住我的手，力量大得让我差点叫了出来。

"轻、轻一点。"我小声反抗着。

白尘对我轻皱眉头，不带感情地问："你来自哪个时空？到这个世界有什么目的？谁派你来的？"

"我……"我一出口发现自己声音嘶哑得厉害，咳了几声，按照自己原先构想的说，"我只是误闯进来的，根本没有任何目的，也没有人派我过来。"

"那你为什么要破坏祭典？"

手臂被拧得酸痛，我吸一口气："误闯就是不小心闯进来的啊，我不是故意的，也不知道怎么会掉到那里去，请你原谅我的无心之过好不好？"

"无心之过，你觉得我会相信？"白尘的声音变得更加冰冷，"你知不知道破坏祭典会导致强大的魔物降生人世，随时会造成无数人的伤亡，这样的罪行足以让你被处死十次！"

魔物？处死？

不会吧，我来到这里只是为了再看看你啊，又不是为了被处死才来的。

我可没有想过会害死谁，或是自己要死在这里。

"我真的不是故意的，也不知道怎么就会破坏了祭典，请你相信我，如果可以的话，我可以补偿，让我做什么都可以。"

白尘面无表情地审视着我，许久没有开口，我已经不再逃避，直直地看着他。我的小白又变回了那个高深莫测让我捉摸不透的人，已经无法从他的脸上看出他心里的想法。

"你可以补偿?你的确有着强大的魔力,可以救人,也可以害人。我怎么知道你到底有没有威胁。"

我不想就这样被当成异类处决掉,眨了两下眼睛,然后默念了一声咒语,就用魔法从士兵的钳制中轻松地还了自己双手自由,松了松被拧痛的手臂。在场的士兵都没想到我会突然摆脱钳制,通通大吃一惊,如临大敌地纷纷拿起武器对准我。

我没有再做任何动作,对着白尘斜过头笑了笑,说:"如果我有威胁的话,早就可以脱身,去做自己想做的事了,我没有逃,就是回来补救的,请相信我。"

相比其他人的慌张,白尘仍然非常镇定,不动如山地坐着,淡淡地问:"所以我很奇怪,当时在祭坛的时候,你为什么会反抗逃走,而且几乎已经脱离了士兵的追踪,却又主动送上门被抓?"

那当然是因为你啊……

再一次面对着白尘的脸,我又几乎抑制不住激动的情绪。我想尽一切方法不惜任何代价来到了白尘所在的时空,并且运用了时光倒流法术,只为见到他。

好不容易才可以达成,我怎么舍得现在就离开。

想到这里我的眼眶又一阵阵地发热,看着眼前这个曾经在梦境与回忆之中消逝的恋人,为了让自己忍住眼泪,我咬唇不再说话,也说不出来什么了。

真丢人,从我出现在他面前开始,就动不动一副激动得要哭的样子,别人肯定以为我有病。

白尘对我的反应似乎有些意外,眸色也变得更深了一些,像是望不到底的深海,他紧皱着形状优美的眉毛。

"你叫什么名字?"

白尘开口这样问我,这下不只我意外,似乎连他自己都觉得有些意

外，像是不假思索就问出来了。

"我叫莫夕音，你可以叫我夕音。"我对白尘笑笑。

"莫夕音……"

他不带感情的磁性嗓音缓缓念出我的名字。

他沉默了一下，却终究什么也没想起来。

"莫夕音，我暂时相信你并没有恶意企图，不会杀你。但你必须说出来自哪一个时空，和来到这个世界的目的。还有，你为什么叫我小白？如果你是才到这个时空，怎么会知道我姓白？"

感觉到停留在自己身上的视线再一次变得锐利，我也心虚了起来。

"那个，我只是找到了一个机会，就趁机想要到各个时空看一看玩一玩，无意来到了这里。至于小白嘛……那，那是我那个世界夸奖别人的话，就是……就是夸你……非常高贵，非常帅气的意思！"

我一边说一边禁不住眼珠子骨碌乱转，明明平时挺擅长撒个小谎编个理由的，可是一对上白尘的眼睛，似乎灵魂都要被吸进去一样，我根本就招架不住，说起谎来也是七零八落。

白尘微微一皱眉，肯定是看出了我的不对劲，但他没有再问。

"先带她下去。"他转过身去。

一旁的士兵又拥上来扣住我的手臂，就这样结束了吗？可是我还没有看够白尘，还想要跟他多说一些话。正想拖延一阵的时候，突然后面传过来一个男人的声音。

"等等！"

从我身后传来纷沓的脚步声和穿着盔甲行走时金属碰撞的声音，我

忍不住回头去看，发现一队士兵神色严肃地闯进厅中。

为首的是一个高大健壮的短发男子，打扮像是皇家骑士的样子，他走进厅中先向白尘毕恭毕敬地行礼。

"大祭司，国王陛下得知了祭典被异空间闯入的人破坏，非常震怒，因此派我来询问状况。发生了这么大的事，您为何没有及时向陛下禀报？"

"陛下已经得知了？"白尘的目光一凛，神色中多了一丝不易察觉的冷峻，"神殿的事不需要别人插手。"

原来这么多天过去，白尘还没有将我的事告诉国王啊……是为了什么呢？

"是的。虽然神殿和祭典的事全由您来做主，国王陛下平时不会插手，但这件事非同小可，可能会造成许多民众的伤亡，引起恐慌。国王陛下十分关切。"

"引起恐慌？那么又是谁将这个消息流传到民众那里去的？我不说就是想要用最隐蔽和平的方式处理掉这件事。"

"但消息已经流传出去了，您也必须知道，没有什么事情可以瞒住英明神武的国王陛下。"男子低着头不卑不亢地说完，侧过脸不动声色地扫了我一眼，带着戒备地说，"传闻破坏祭典的是个奇装异服的小女孩，就是她吧？您准备怎么处置这个罪人？"

我只能傻在原地不动，看上去遇到的状况比我想象中的更加麻烦。

唉，我可真够倒霉的。

"回去告诉陛下，我一定会妥善处理掉这个事，给他一个满意的答复。"

"恐怕不能如您所愿。陛下怕您需要处理的事情太多，已经下了命令，将这个罪人处死，而且是在广场当着所有民众的面，将她充当火魔灵的祭品，用她的鲜血和内脏安抚它，并且抚平众怒。我们就是来执行

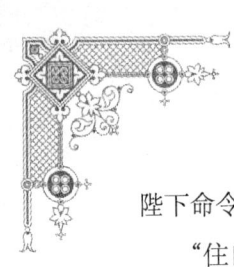

陛下命令的。"

"住口！太荒唐了！"

还不等我反应过来，白尘已经冷冷地斥责男子，"谁说这样可以安抚火魔灵的？又怎么可以用暴力和血腥来打消民众的怒气？陛下太过自作主张！"

"大祭司，请注意您的言辞，您是在批评国王陛下吗？"男子的声音变得紧张和严厉起来。

白尘并不把这个警告当一回事，看了一眼还在状况外、傻乎乎愣着的我，眉头微微地皱起，不动声色地叹了一声，对着男子的质问傲气地不作辩解。

男子沉下气来，继续说："大祭司，这只是一个凭空闯入的外人，而且破坏了祭典，您为什么要维护她，当心沾上不必要的嫌疑，连累了您的声誉。不管怎样，国王陛下已经决定了，就算您是大祭司也无权更改国王的命令，必须举行安抚仪式，如果没有顺利举行，那一切的责任都是大祭司的，您将为两次失职受到应有的处罚。"

男子一鼓作气地说完，就低下头不再看白尘。

一直傻在旁边的我才意识到情况有多严重。我本来想着靠魔法，自己总有机会逃脱，可是没想到这一场意外竟然威胁到了白尘。

在我的回忆与梦境之中，我知道蜜亚王国穷奢极欲的国王是多么忌惮白尘的威望和能力，总是借机会打压他，甚至出动了暗杀组织想要除掉他。现在抓住了一向完美的白尘难得的失误，如此好的机会他是不会轻易放过的。

发展成这样完全在我的意料之外。除非我死，不然白尘接下来的处境会十分艰难。

为什么我会伤害自己爱的人……

我悲伤地望着白尘，不知道是不是错觉，他接触到我的目光时神色变化了一下，很快就恢复到原先的状态。但以我对他的了解，我能看出来，他是在犹豫。

是在犹豫什么？因为我吗？现在的我对他来说只是个陌生人，他难道真的想要维护我吗？

非但我不明白，白尘自己好像都不太明白。

如果我现在告诉他，在我的梦境与回忆之中，曾经与你相爱，他肯定会说我是个疯子。

旁边的骑士没有给我多想的机会，他挥了挥手，一声令下，后面的士兵们就上前将我包围，十几把银色的剑尖对准了我，我一分神，已经有人用绳索企图将我的手捆住。

这真是要把我送上刑场了？！我被吓到，条件反射般地用魔法回击，一阵红色的风从我身边盘旋着刮起来，将士兵们震开了好几步。

不愧是训练有素的皇家士兵，防御住了我的魔法，没有人因此而受伤。可是为首的骑士看到我的反抗也拔出了剑，所有人严阵以待地将我包围住，一起发动攻击，我只能反击。

在我即将用魔法打倒骑士之前，一阵强大但又不至于伤到我的冲击力将我震开了几步，魔法与魔法之间碰撞出强烈的火花，所有人都禁不住闭上了眼睛。

我一转头看到的竟然是白尘，他的神色严肃冰冷，看着我的眼神是那么的复杂，有敌意和戒备，同时却又有更多我看不懂的东西。

他毕竟是蜜亚王国的大祭司，跟我的立场不同，我怎么奢望他会看着我伤害他们国家的人而坐视不理。

我黯然地垂下手，不再做任何挣扎。对着小白我没办法反抗，不想做他的敌人，无论如何都不想，他眼中的戒备就足以刺痛我的心。曾经他的眼睛像是水洗的天空般清澈，能清楚地映出我的倒影，漾着湖水一样温柔的波光。可是现在湖水全冻结成了冰。

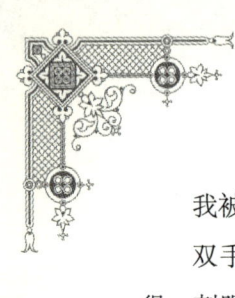

我被押送到了王都的万人广场。

双手和双脚都被捆绑在刻满繁复符文的石柱子上，一丝也动弹不得。刺眼的阳光直直地灼晒着我的皮肤，面前聚集了越来越多的民众，乌压压的一片，用各色的眼神打量着我。

事情怎么会发展到这样的地步……我像是还在做梦一般，感觉到眼前的一切都是这样的不真实，所以连该有的紧张和恐惧都生不出来了，只能定定地侧过头看站在另一侧的白尘。

他真的要处决我？

骑士向所有民众高声宣布了我破坏祭典，和将被处死的消息，底下就像炸开了锅一样地嘈杂起来。

有人开始高喊："杀死她！"

一波波的声浪把我带回到真实世界，我终于发现这一切都不是梦。身后绑着我的石柱开始慢慢升高，我脚下出现了巨大的圆形魔法阵，流动着金红色的炫目光芒，似乎要将我吞没一样。

我还不想死啊！我才费了好大的力气来到这里啊！这个认知让我开始挣扎了起来。捆着我的绳索有魔法的保护，非常坚固，寻常人永远不要想挣脱开，可这对我来说不算很难，只要多费一点力气就可以。

麻烦的是四周全都是人，死死地盯着我，骑士和白尘都注意到了我想要破开绳索的举动。

"你还想要逃脱？这个破坏祭典的女人还想要逃脱！"骑士高声地大喊，"立即开始仪式，将她献给火魔灵！"

几个穿着高阶祭司袍的祭司们开始一起念动魔咒，我感觉到脚下的魔法阵开始震动起来。这是恶魔即将被召唤而出的前兆！我更着急地挣扎起来，直到看到白尘的脸。

他站在那里一动也不动地看着我，没有丝毫的感情，终究不再是我的白尘了。他可以眼睁睁地看着我去死……如果我真的在这里死去，是不是才是最好的结果,没有我的扰乱,这个世界照着原本的轨迹安然地前进着,和梦境之中不一样,白尘不会再被杀死,不会消逝,他会过完自己的人生。

想到这里我停止了一切动作,突然变得很平静,也许我来到这个世界,只是为了偿还白尘一次生命。

魔法阵里突然伸出一只巨大的燃烧着火焰的利爪,猛地抓住了石柱上的我,引起了四周的一片惊呼。

凶猛的力量勒紧了我的身体,让我呼吸不过来,尖利的指甲也嵌进肌肤,就这样将我和石柱连带着一起拖进魔法阵,一点一点地往下沉。

永别了……小白……

莫夕音啊,费这么大力气来到这里,牺牲了哥哥所有的魔力,结果最后跑过来就是为了送死的。

世上不会有比我更傻的时空穿越者了。

我最后看了白尘一眼,长长叹了口气,想着把他的样子烙进我的灵魂里,带着对他的记忆死去好了。

然而我看着白尘冰封的脸开始消融,从震惊到不解,再回归平静,只用了一秒不到的时间。然后他向我走过来,抬起右手,修长白皙的手指缝中莹白的魔法光球流动着美丽的光华。

他想干什么?

还没等我反应过来,白尘的魔法光球已经脱手而出对准我疾飞过来,不,一阵白光之后,痛苦的嘶吼声响起。我还安然无恙,却发现原本紧紧握住我的巨大利爪放松了力量,身上的痛楚也随之减轻。

"大祭司!你这是在干什么?!"

四周安静了片刻,然后骑士不可置信地高叫起来,台下的民众也掀起了轩然大波。

白尘看了一眼自己的手,又直直地注视着我,虽然情况乱成一团,

他还是波澜不惊地说："不能杀死她。"

"你这是要叛变吗？！"骑士的声音里满是怒火，然后又惊呼了一声，"糟了，火魔灵！"

魔法阵里伸出的那一只手虽然受到了攻击，可是没有流血受伤，反而像是因此而被激怒，竟然从魔法阵中伸出了另一只燃烧的粗壮手臂，像是马上要从地面上爬出来。

"快离开那里！"

白尘对我喝了一声，清冽的声音让我惊醒过来。我没有再一味地发呆，念动魔咒，绑在我身上的绳子很快就崩断成很多节，纷纷掉落。

火魔灵的身体露出越来越多，我又挣断了绳索，更多的惊呼声响起，广场的民众们像是被洪水冲散的蚂蚁一般向四周慌不择路地逃去。

我轻轻跃下石柱，就在白尘面前稳稳站定。

"你为什么救我？"

"为什么不逃走？"

我们的问题几乎同时出口，又为此顿了一顿。

只这顿了一下的时间，我已经感觉到背后一片灼热的气浪扑过来，是火魔灵的半个身体已经挣出了魔法阵。只看它散发出来的气息我就可以知道那是多么强大恐怖的魔兽，足以在很短的时间内毁掉半个王都。

情况不允许我们再耽误时间，周围的士兵们纷纷拔剑，但没有一个人敢上前，甚至都是一边拔剑一边后退，祭司们也一时之间不知道该怎么办的样子。

"大祭司！这是你惹出来的麻烦！必须由你来解决！"骑士恼怒地叫了起来，也顾不得礼仪了。

白尘没有在意骑士的失礼，独自向魔法阵迎上去，手掌一握，一支镶嵌着夺目钻石的白金法杖就凭空幻化在他的手中，流动着半透明如纱般的烟雾。

他是要只身对抗那么强大的魔兽吗？这可不是闹着玩的！

我大吃一惊，赶紧也跟上去，被绑了太久的腿有点发软，才迈了一步几乎就要摔倒。

白尘清冽如泉的声音响起，几声低低的吟唱过后，魔法阵的方向猛然爆炸开来，细碎的石子和烟尘铺天盖地地飞起，让我忍不住闭起了眼睛。

我听到了火魔灵更加狂怒的咆哮，几乎要震破耳膜。睁开眼睛看到它半个身体还在魔法阵中挣扎，张大嘴咆哮的时候还可以看到恐怖的獠牙和血红的喉管。它应该是受了点伤，但还是没有构成致命伤害，随即就从它的喉咙中喷吐出几乎如岩浆一般的液体，对着白尘直直地射过去。

火浪滚烫的热度扑面而来，我感觉自己整个人都要被掀飞出去一样，连忙用魔法窜到了白尘的身边。

白尘已经用金色魔咒一圈一圈围成了防护罩，整个人还是气定神闲的样子，只有白色的袍子和乌黑的长发被大风吹起，恍若神明。

他看到我飞到身边略微地有些吃惊，好像还有些生气，但没有多说，防护罩直接开了一个口子，像是为了容纳我进去。我也配合地飞进唯一可以落脚的保护圈中。

"让我帮你！"

我拍了拍自己的脸，努力冷静下来。

对付这种强大的魔灵，硬碰硬可不是办法，白尘虽然强大，却太单纯了，这样打也许会赢，但也要把自己累得半死。

我闭上眼睛，低声吟唱着高阶水系魔法，打算以这个对抗火魔灵。

白尘看了我一眼，没有阻止我的举动。

广场上跑得没剩几个人了，只有我和白尘正面对抗着火魔灵，我们并肩站在一起，对准恐怖的魔兽发动魔法的攻击。

4

我和白尘的魔法十分默契地交相辉映着，密集如雨一样向火魔灵不停地进攻，不用语言沟通，彼此都明白绝对不能让它完全走出魔法阵，不然凭我们的力量根本压制不住它。

我熟悉白尘的魔法和节奏，可我对他来说却是一个彻头彻尾的陌生人。我们之间的默契似乎让他有些不解，但他很专业地没有在战斗中分心。

无数次地挡开攻击之后，火魔灵终于还是被打中了弱点位置，它在不停地咆哮着，似乎让天地都为之动摇，身上的火焰也燃起了几丈高。

我被绑了太久，体力还没有恢复，浑身的酸痛让我有点招架不住那种凶猛的气势，一时之间有点分了心，回过神来的时候就看到像无数把刀子一样的火舌面对着我直刺过来，速度快得根本来不及闪躲。

我想这回真的是难逃一死了，眼前一花，感觉被强大的力气包裹住，卷到了另一个方向。

"小白！"

抬眼看到那张熟悉而又俊美无双的脸，救下我的人正是白尘。他将我牢牢地护在温暖的怀里，有力的双臂正抱着我，乌黑的长发也随之飘拂扫到我的脸上，痒痒的，让我忍不住又在想自己是不是做梦。

梦做了太长太久，现在都快分不清现实和梦了。

"不要分心。"白尘很快松开了我，回身挡住了又一波进攻。

直到他转过身我才大吸了口气，天哪……白尘背后的袍子上已经染上了一个不小的血色花朵，绽放在白色的绸布上显得格外惊心。他受伤了！刚才为了保护我而受伤了！

白尘还在跟火魔灵奋力对峙，除了背后那个还在不停流出鲜血的伤口，完全看不出他有受伤的样子，动作也没有一丝的迟疑，可是我能想象那个伤口有多痛！

可现在不是多想的时候，我一咬牙，几乎用尽全部的魔力念动大型魔法咒语。

看来所谓的高阶魔法根本没用。

白尘感应到之后，一直保护在我身前让我不被打断。冗长的吟唱之后，火魔灵的身上盖上了魔法符的烙印，头顶的一小片天空暗了下来，乌云密布，无数尖利的冰凌闪动着森森的寒光像针一样掉落，同时地面上翻滚起了无数冰凌，全部一起刺进火魔灵的身体，并在刺进去的第一时间爆炸开来，飘散出细小的雪花。

几乎也是同一时间，巨大的青色龙卷风凭空卷起，像是要碾碎火魔灵一样将它席卷在其间。被几头夹攻的火魔灵再也支持不住，两只本来燃烧着的手臂几乎已经快要被吹熄，它不再试图挣出魔法阵，终于放松了爪子，痛苦地咆哮着沉到了地面以下。

是白尘在帮我！他已经受了伤，一边可以抵挡魔兽的进攻，一边竟然还可以催动大型魔法，真不愧是蜜亚王国历史上最年轻也是最强大的天才大祭司！

我知道将来的他会有多么强大，我知道他所有的未来，包括最终走向消亡。

我就是来见他，来阻止这一切的。

战斗结束，整个广场一片狼藉，到处都是燃烧的余烬和散落的冰凌，空气中也飘散着被扬起的尘土。我愣了一下，赶紧向白尘跑了过去。

"你受伤了！你受伤了！疼吗？"我急得手脚不知道该往哪里放好，又想去查看白尘的伤口又怕自己碰到会让白尘更痛，只能着急地说着废话，"为什么要帮我挡着，笨蛋，你真的是……多为自己想想好不好！"

白尘深如夜空的眼眸静静注视着我，带着一点困惑和不解。

好吧，我现在的态度是有点过分亲密，对于一个陌生人来说简直是

有点诡异,于是停下了团团转的动作,尴尬地看着白尘。

"大祭司!你没事吧?"这个时候,刚刚不知道跑到哪里去的骑士才冲了出来,不过也正好化解了我的窘境。

"没事。"白尘淡淡地回应。

没事才怪!那个伤口保留着火魔灵的力量,一直像是在持续燃烧的样子。白尘竟然眉头也不皱地回应我和骑士的废话。

"什么没事?你的伤口必须要用魔法治愈!不要乱动。"

我拉住了白尘,开始念愈合法术。不过刚刚经历了那么激烈的战斗,我的体力消耗得已经有点不能负荷,才开始念咒语就感觉挂在胸口的时空之钻又开始发热起来。跟以前的热度不同,是一波一波就像电池快要消耗光了那样的提醒。

我才想起我能这样毫无顾忌地使用魔法全靠时空之钻在支撑,如果时空之钻中的魔力被消耗干净,我就会被带回到原本的世界中去。

可是白尘血淋淋的伤口就在我的面前……

白尘先一步制止了我的举动,淡淡地说:"不用,没关系。"

"大祭司,我们会不会激怒了火魔灵,它要是养好了伤再袭击过来怎么办?!为什么不让这个女人做祭品,国王陛下那边怎么交代?!"骑士还在那儿高声嚷嚷,扯着嗓门一声比一声大。

"喂,你们鬼吼个什么?没看到他受伤了吗?你想让你们的大祭司失血过多而虚弱,下次就没有人对付魔物你才高兴,是不是?快准备伤药啊!"我没好气地丢了几个白眼过去。

"你……你!你竟然这么大胆,知不知道是在跟谁说话?"骑士没想到我这个阶下囚还这么嚣张,指着我一时半会儿不知道说什么。

"你不知道自己是在跟大祭司说话吗?自己不也是大呼小叫的吵死了。"

"你……"

白尘不关己事似的看着我们争吵,转身一步一步迈下台阶。

"大祭司!"骑士又叫了起来,"你去哪里?这个女人怎么处置?仪式还没结束呢!"

"结束了。"白尘头也不回,如清泉般的声音响起,"打退火魔灵是因为有她的帮助,我会亲自向国王陛下说明,为她安排一个舒适的住处。"

"什么?!"骑士回头不满地打量着我。

我有点惊讶,定定地看着白尘独自远去的身影。

他就这么轻易地饶过我这个误闯的陌生人,还要替我向国王求情,他一直在维护着我……是因为什么?

明明知道他现在对我不抱有任何感情,我还是为此心脏不受控制地加快跳动。

"小白……"

白尘终于消失在我的视线中,而骑士也如他所吩咐的,将我从阴暗湿冷的监狱中转到了监狱旁边一个洁净明亮的房间,但门外还是有重重士兵把守着,一步也不让我外出,跟坐牢也没什么差别。

这些我都无所谓,只要我想,随时都可以逃脱,我是自己不想走。

隔天白尘又来看我了,穿着华贵的祭司袍俊美如天神一般出现在我面前,除了唇色有一些苍白,看不出受伤的痕迹。

本来百般无聊地趴在窗边玩着颈上挂着的时空之钻,一回头看到白尘我的心脏又漏了一拍,一下子从椅子上跳了下去,跑过去脱口而出,关切地问:"你的伤怎么样了?"

白尘任由我抓着他,又转到他身后去,两只手不免摸来摸去。我能感觉到他的身体有些僵硬,但还是没有发作出来。

"已经好了。"

一只修长有力的手抓住了我不安分的手,白尘的表情还是一成不变,却让我在他眼中捕捉到一点不自在。

我在心里窃笑了起来,他终究是我的小白,虽然看起来像是美丽的冰雕,可我知道他内心并不是一片冰封,相反,比许多人来得要温柔善良,除了我谁都不会发现。

"真没事就好了,担心得我睡都睡不好……"我吐了吐舌头。

白尘闻言又皱了下眉:"我受伤,你为什么睡不好?"

"呃……"我也不知道该怎么回答,总觉得我在他面前就跟个花痴追求者似的,只好又糊弄过去,"因为我这人心肠最软了嘛……哎,多谢你把我从那么阴森的监狱里放出来,还专程来看我。"

"我不是专程来看你。"白尘的眉头又不易察觉地皱了一下,平静地说,"我是奉命带你去见国王陛下的。"

"见国王?为什么?!我才不想见那个暴君。"我吓了一跳,差点没跳起来。

"住口,不许污蔑国王陛下。"

白尘立即轻声呵斥了我,眼神也变得严厉起来。我看了看仍守在门外的士兵,也赶紧捂住了嘴巴。

"国王陛下下令举行安抚仪式,但仪式发生了那么大的意外,他必然会知情。我已经见过他说明了所有情况,他同意暂时不将你处决,但提出要见你一面。"

虽然白尘说得轻描淡写,但我太了解他的个性,也听说蜜亚王国的国王是多么无理残暴的君主,想要说服他饶过我,白尘必然为我求了不少情,花费了许多苦心。想到这里我的心又暖暖地热了起来。

"好吧,只要你说的,我就愿意去做……见谁都可以……"

白尘沉默了片刻,对我说:"他应该不会再想杀你,不用担心。跟我走吧。"

他才走了一步又突然转过身来,审视着我露在衣服外的时空之钻,淡淡地问:"这钻石是带你来到这里的关键?"

我条件反射地摸上时空之钻,虽然这是来自异世界的魔法,白尘竟然还是看出来了。我不想骗他,就点了点头。

"收起来,不要让国王陛下看到它。"

白尘丢下这一句,再次转身大步走出门,门外的士兵收起了武器,自动为他让步。

我看着白尘乌黑飘逸的长发愣了下神,连忙跟了上去。

能跟白尘再次并肩走在一起,抬头看他优美无瑕的侧脸,我的幸福感满溢胸腔。

可是不能再像梦中一样手牵着手,或是让我勾着他的胳膊了,我的视线又留恋地停在他的手心之中。我暗暗地想,总有一天我还是要让他再爱上我。

不管再见多少次,身处哪个时空,我都要让白尘爱上我。

我满心沉浸在与白尘重逢的喜悦中,却不知道自己一步一步踏上的是什么样的道路;前方等待着我和白尘的,是怎样的满路荆棘。

直到王宫高耸壮丽的雕花木门在我前面徐徐打开。

第二章
THE SECOND CHAPTER
罪冠的双子

葵理和朱夜的表情充满了恶意。"既然你不是我的朋友,就该住回监狱。既然你那么喜欢救人的话,就把这个下等人一起放进监狱让你慢慢救好了。"

葵理这样的态度是不是该叫一百八十度大转弯,翻脸比翻书还快。

—— 1 ——

我被带到了宫殿内，准确地说，是国王的寝宫。

穿过奢华的花园、柱廊，渐渐走进了王宫的深处。走廊的墙壁描金雕花，室内全部由坚硬光洁的大理石镶嵌而成，各种装饰的雕刻、华丽的地毯，以及楼梯墙壁上气势惊人的巨大油画，都让我好像身处梦境一般。

葵理，蜜亚王国最年轻的国王，我记得，他现在不过十八岁而已吧。

看看脚下纯白色的地毯，还有台灯上的金丝流苏，我再次感叹，不止是年轻，他绝对也是最奢华的国王。

甚至从历史上看，更是最最残暴的一个国王。

就是他，在几年后，会大量地杀害魔法师，几乎让魔法从国家绝迹，王国陷入多年的动荡之中。

他可以说是历史上最有名的国王之一。

不止是因为他的年轻、奢侈、残忍，同时也因为——他的美貌。

葵理是双生子，他的双胞胎弟弟朱夜，如今是除了国王以外，最有权力的公爵。

这一对双胞胎，掌握着至高无上的权力，他们的喜怒无常与残暴任性就像暴风雨一般，让所有人都为之心惊胆战。

面对这样的暴君，我当然也紧张得半死，手心一直在出汗。

还好有白尘在我的身边，他的周身都像是散发着纯白的气息，那种熟悉的可以安抚我的淡淡光芒，只要看他一眼，就会给我带来多一分的勇气。

在安静又奢华的私人会面室中,我做好了所有准备去面见那位恐怖的帝王,然而,我虽然知道这一切,但真的看到他们时,还是受到了强烈的冲击。

我……我几乎都要怀疑自己从历史书上看到的是不是事实。

因为,这个人……太漂亮了……该怎么形容呢?真的就像天使啊!

在房间正中的少年蜜色的眼眸溢满了温柔的笑意,修长的身躯包裹在淡银色的修身礼服中,皮肤纯白无瑕,嘴唇如同淡色的樱瓣一般柔软,金色的发非常夺目,在灯光下,几乎在一瞬间就夺去了我所有的视线。仿佛刻画在油画中圣洁的天使,在圣歌的环绕声中,人们只能双手合十,用诚挚的目光去仰望。

这就是……葵理?那个年轻但恐怖残暴的帝王?我整个人都有点傻了。

"你,就是那个天降的魔法师吗?"忽然,有一个温柔的声音传入我的耳朵,轻声重复了白尘的预言,"破坏了空间秩序,破坏了祭典,会给这个世界带来灾祸的人?"

我回过头去,眼前的少年懒懒地靠着墙,他拥有和葵理一样的容貌外表,只是发色与葵理的金发不同,是银色的——如月光一般透着清冷而皎洁的色彩,同样一双红色的眼眸定定看向我。

不用说,这个人肯定就是葵理的双胞胎弟弟朱夜了吧?

就像是举世无双的两件艺术品,我的灵魂都在为之赞叹。

"国王陛下,公爵殿下。"

白尘在我分神的时候已经对着他们优雅地行礼,朱夜也站直身体,慵懒地朝他哥哥的方向走去,眼睛却一直停留在我身上。

"回答我,你是吗?"

"是的……不,不是。"我点头又摇头,"我是说……我就是你们说

的那个天降的人，也确实是一个魔法师，不过，我绝对不会伤害这个国家的，请相信我！"

"相信你？凭什么？"朱夜看着我，忽然笑了。

他已经来到王座旁边，非常随意地坐在葵理身边，像撒娇的小孩一样将头靠在哥哥的手臂上，因为长得一模一样，我只能从头发的颜色上来分辨他们两个。

明明只是兄弟，朱夜靠近葵理的时候却有一种微妙的让我忍不住有些脸红的气氛，像是空气都为之变得更加浓腻一样，害我不由失了一下神。

白尘看我半天没有答话，沉着地出声："殿下，毕竟这次火魔灵也是因为有她的帮助才顺利打退的，并没有造成任何损失，灾祸的预言不一定是指她。"

我回过神来连忙点头："嗯，嗯，我没有恶意，只是一个误闯入空间的魔法师！如果我真的想跑的话其实早就可以跑了。"

"哦？误闯，这么巧？哥哥，你相信她吗？"朱夜抬起头深深地看着一直沉默的葵理，火红的眼珠闪烁着迷人的光彩。

始终沉默的葵理终于有了一点反应，他看着我突然笑了起来，竟然像春天百花开放般笑容明媚，大大出乎我的意料。

"为什么不相信呢，那么可爱的小女生，又有着强大的魔力，愿意帮我们国家打退强大的火魔灵，我当然相信你是没有恶意的，不然现在就不会再召见你。"

比笑容更让我意外的是那温柔的嗓音缓缓说出来的内容，让人像是喝了醇酒一样醺醺欲醉，不由自主地放松下来。

这个人怎么可能会是传说中的冷酷暴君？我又一次开始怀疑起历史的记载，到底是不是真实的。

"谢……谢谢国王陛下。"我傻傻地道谢，转头用目光询问白尘，这是什么情况?

白尘的脸色还是那样,如湖水般深沉安静,不见欣喜不见忧愁也不见我的目光,大概是看习惯了双子的美貌。

"那么,国王陛下将会怎么处置她?"

"呵呵。"葵理的笑声又吸引回了我的注意力,"大祭司怎么会用处置这样的词?我本来只是想看一看异域的来客,同时感谢她为我们解决了一次危机而已,不但不是罪犯,更加应该叫做贵客。"

我?贵客?这一连串的意外让我原先做好的心理准备完全不管用,根本不知道眼前的国王是个怎么样的人,在想些什么。

葵理似乎知道我的疑惑,用温和的微笑向我轻轻点头,眼睛里不只是善意,如果我没看错的话,还有满满的赞许和欣赏。

"哼。"

轻轻的一声冷哼,似乎是来自朱夜的声音,可是他的表情却还是跟刚才没什么两样,让我以为只是自己的错觉。

"你是叫莫夕音吧?夕音小姐,其实我对异时空的世界非常好奇,如果你不嫌弃的话,我想我们可以做个朋友,你可以跟我说说那里的趣事。"

葵理温文有礼的态度让我简直有点受宠若惊,他可是国王啊,竟然这么亲切,我简直都要晕头了。

可是心里还是存有对传说中暴君的那种戒备,有点手足无措起来。

"我们那里……很普通,跟这里也差不多,没什么有趣的事。"

我当然不会告诉他我的世界街上到处都是车子,到处高楼林立,和他们讲也是白讲。

"夕音小姐是不是在害怕我?"葵理轻轻地一挑眉,表情中多了一些少年的俏皮,"我真的有那么可怕吗?连做朋友都不可以吗?"

他非但是看上去不可怕,那样精致的容貌和温和的笑脸,简直是叫

人没办法不喜欢他。这使我不得不怀疑外界的传闻都是误会和谣传。

"不是的,不是的,您是至高无上的国王陛下,我只不过是一个微不足道的路人,怎么敢和您做朋友……"我慌忙地摆手,还是忍不住要去看白尘。

白尘像是接收到了我的求助,微一低头,沉声说:"国王陛下,您的身份确实不适合与平民交友,如果您认为这个女孩无罪,不如放她自由,我可以马上将她送回到她该在的时空。"

"不可以!我才不回去!"

所有人都安静下来,定定地看着刚刚不小心脱口而出的我,眼神似乎都变得复杂起来。

朱夜率先带着一丝嘲讽的意味笑了起来:"莫夕音小姐既然是误闯的,没有任何企图目的,为什么却不愿意回去呢?"

和葵理的亲切相比,朱夜好像有点针对我似的,不知道是不是我的错觉。

"我……我好不容易来这里一次,觉得这个国家很漂亮很有趣,还想多待几天呢,至少玩个够了再走。"我心虚地辩解。不管他们信不信,反正我是不舍得离开白尘的,情愿被当成有企图心的怀疑对象。

"既然这样,夕音小姐晚上就留在王宫先住一晚吧!可不是什么人都有机会住在宫殿里的,好让你这次的时空之旅更加不虚此行。"

"陛下!"白尘的神色凝重了起来。

朱夜率先打断了白尘的话,带着几乎可以称之为妩媚的笑容说:"大祭司,没有将祭典顺利完成是你的过错,不过火魔灵既然已经暂时打退,我们就不和你追究责任。但你现在首先要做的就是弥补过错,想办法彻底解决这件事。国王陛下只是想留客人住一晚,这不是你该管的事。"

白尘没有作声,只是微垂下眼睑,长长的睫毛几乎盖住眼眸,让我看不清其间的光芒。

"白尘。"葵理温和的声音再一次响起,"听说你受伤了,还伤得不轻,治愈法术不能完全治疗,你回神殿好好休息吧!"

白尘顿了一顿,最终还是回答:"是……陛下。"

他缓缓行了一个礼,准备走出会面室。

我看白尘一动就不由自主地想上前拉住他,舍不得他离开我的视线,却被白尘率先用眼神阻止。

"你不要给王宫增加麻烦,注意自己的一言一行,否则我不会饶恕你。"

他从初遇起到现在,眼神从来没有那么严厉冰冷过,像是可以刺伤我一样,声音也是让气温都能随之降低了几度一样。

他终究还是不放心我,以为我会对国王和公爵不利吗?我本来以为白尘对我的态度有所改变,是相信了我才对,原来还是我想得太多。

我有点委屈地对白尘点点头,小声地说:"我不会啦……"

白尘的眉心一皱,转身离开,带着他纯白的气息,消失在重新紧闭的大门外。

白尘走了之后,我的心情更加忐忑。葵理和朱夜邀请我跟他们一起享用私人晚宴,让我坐在他们的身边,跟我亲切得像是邻居一样地聊着天。

洁白的长桌上满满的都是无比丰盛奢华的大餐,我吃起来却像是在嚼蜡一样,已经没有心思去分辨美食的味道,一分心都听不到身边的人在跟我说些什么,满脑子都是白尘和乱七八糟的念头。

"夕音小姐不喜欢王宫的晚宴吗?还是不喜欢我们?总是心不在焉的样子。"

葵理手托着腮,玩味地笑着,用那张天使般的脸蛋突然凑近了我,只差一拳头就能碰到的距离。

我吓了一大跳,近距离看到这么漂亮的脸蛋还是有很大压力,一口汤差点没忍住喷了出去。

我一边晃着脑袋往后退,避开过度亲密的距离,一边咽下浓汤,摆手说:"我只是紧张,不知道说什么好。"

还好汤没有真的喷出去,否则最后遭殃的肯定还是我。

葵理看着我涨红的脸,微笑地坐了回去,没有让我更窘迫,体贴地转移了话题。朱夜却一直没有再说话,只是像猫咪一样时不时扫过我一眼。

—— 2 ——

本来以为葵理留下我在王宫里面会有什么目的,可是用完晚餐之后,他什么也没有再说,只是将我安排到了无比华美的客房中,并且告诉我可以在这里自由进出。

独自一人躺在柔软的天鹅绒大床上,我一直紧张的身体才稍微放松了下来。

短短的几天时间,我从监狱一下子住进了王宫,就像是过山车一样,事情的发展总是出乎我的意料。

就像是传闻中无比残暴的双胞胎皇族一样,都跟预想中的完全不同。

可是这些对我来说都不重要,我从头到尾的目标只有一个——白尘。他最后走的时候那冰冷的眼神一直环绕在我的心里,久久挥之不去。

开始我只是觉得他在警告我,不知道为什么,又总觉得他似乎是在表达另外一层意思……我想着白尘的样子,又从床上坐了起来。

一晚上的时间如果都在想这些我会郁闷死的,既然国王陛下说了可以让我自由进出了，难得到了王宫，我也想要出去走一下，只要小心点不招惹任何人就可以了。

我走出了房间，走廊上的士兵果然没有拦住我，还恭敬地向我行礼。

在偌大的王宫中我一路通行无阻地慢慢走着，看着奢华的宫殿和安静穿行的侍女，我想到白尘的警告，尽量缩小自己的存在感，往人少不显眼的地方走去。

这个时候夜已经深了，王宫的花园处还点着通明的灯光，让各处的美景就算到了晚上也可以一览无余。到处都是一片华丽璀璨的光景，让天上的月光都显得黯淡，反而让我觉得有点累，想要安静地享受一会儿夜色，所以往更加偏僻幽暗的角落里走。

直到我看到一道高高的围墙，发现看守离得很远，也没注意到我这边，就念动飞行咒语飞了过去。

围墙的另一边显得冷清又祥和，才是真正的夜景。疏于修剪的树叶花草彰显着最自然的生命力，四周只有月色洒下的银晖，笼罩着一间相对于华丽宫殿来说显得非常简陋的白房子。

我尽量远离看守往里面走，这样美丽的月色让我想起以前与白尘相处过的每一点时光，曾经我们也在这样的夜晚牵着手一起静静地走在湖畔。

现在却只有我一个人了……白尘现在是不是也正看着天上的月光？

我漫无目的地慢慢走着，走了一会儿就看到一堵斑驳的矮墙，旁边横七竖八堆着巨大的白色石料。我索性就随便擦擦石料上的灰，一屁股坐了上去，背靠在矮墙上抬头看天空。

"唉……小白，让你这么优秀的人爱上我一次已经很不容易了。我其实真的没有自信可以让你再爱上我一次。"

我在这里没有亲人没有朋友，只好对着月亮一个人碎碎念了起来。

"花费了这么大的努力才可以再一次穿越时空，可是却一点也不知

道做什么，也不敢多做什么，如果是以前的小白，一定会笑我笨。"

"只要能看着你活得好好的，就可以了……可是你这个冷冰冰的样子，是过得不开心吗？是寂寞吗？"

"那么年轻就有出众的才华，有着别人无法企及的权力，却没有一个懂得你的人，我知道你是寂寞的。就跟这个月亮一样，光芒太亮，会让星星都消失。"

"葵理和朱夜他们连我都会想要成为朋友，不能成为你的朋友吗……"

"咳！咳咳！"

矮墙之后突然传出一阵突兀的咳嗽声，打断了我的自言自语，把我吓得一下子弹了起来。没想到这个偏僻的地方竟然还有别人！

"是谁！谁躲在那里！"想到刚才自己一个人唠唠叨叨的内容，我顿时脸红得简直想一头撞死，语气也恼羞成怒地带着火气，"快出来，不然我不客气了！"

我警备地做好备战姿态，等待着另一头的人露面。心里只想这种时间这个地方藏着的肯定不是什么好人，却忘了自己也是在这个时间这个地点在这里的人。

过了好一会儿，矮墙那一边终于传来窸窣的声音，像是有人站了起来，让我更加紧张。

终于，一个颀长的身影出现在了矮墙之后，在月色的照射之下，一张俊美飘逸到极点的脸庞首先夺走了我全部的视线。是个衣着朴素的少年，如精灵般银白的长发让他苍白的肤色显得几乎接近透明，冰蓝色的眼珠被长长的睫毛轻掩，高挺的鼻梁，淡色的薄唇，精致的瓜子脸，眼前的人就像是从画像中走出来的王子一样，美丽得不真实。

而且他的五官也让我有一种熟悉感，好像是在哪里见过一样。

对着这么漂亮的人，我连敌意都不自觉地减轻了许多，只顾着发起傻来。

"这个地方可是我先来的。"

那个少年率先对我开口,又随性又洒脱,一瞬间冲淡了许多外表带来像是妖精般美丽又神秘的错觉,他就是个活生生的人类。

"可是你没事坐在这里干什么!还偷听我说话!"

"我住在这里,当然可以坐在这里,为什么反而是你先问我了?那你没事闯进这里坐着干什么?还非要强迫我听一堆你的话。"少年有点漫不经心地笑了起来,却一点也不让人觉得讨厌。

他说了一大串,我险些就要被绕晕了,"我才没有,谁让你不出声的……"

少年脸上的笑容更加明显,"谁会像你一样一个人坐着自言自语呢?"

"你!唔……不过说得也是。"我抓了抓头发,小心地问他,"那你是听到了多少呢……"

"这里这么安静,当然是你说多少,我听到多少了啦,其实我也并不想听的。"少年无奈地耸耸肩,然后问,"小白,是白尘吗?"

冷不丁听到白尘我吓得几乎弹起来,没想到一下子就被猜中了,有那么好猜吗?!

"胡说什么!我在说谁你怎么会知道,而且白尘是大祭司,你是什么人,竟然敢直呼他名字!"我虚张声势地绷着一张凶脸。

少年依然在微笑,却没有回答我的问题,我却突然想起自己为什么对那张脸这么眼熟。

晚宴之前我在经过的一道长走廊里,看到了挂满的历代皇族精美画像,并写着每一个人的名字与生平,最靠里的就是现任的国王,原本是二王子的葵理和三王子朱夜,当然还有就是大王子千羽凌。

画像上的大王子穿着高贵华丽的礼服,显得高不可攀,眼前的人虽

然有着一样的五官，却穿着非常简便甚至有点单薄，一个人在偏僻的角落坐着，让我怀疑自己是不是认错了。

"你……你是大王子吗？"

少年的笑容里有一点苦涩，说："竟然还有外人可以认得出我来。"

还真的是大王子！

这王族的血统简直要逆天了！DNA怎么回事，每个都这么美貌还让人活吗？

我没想到自己能一天之内见到三个王子，都是那么耀眼的外形。可是外界传闻大王子不是身患重病不能外出，所以不能继承王位的吗？眼前的人虽然并不健壮，可看上去也不像是重病的人。

我愣在原地，不知道要不要行礼，可是又不知道这个国家的礼节，只能傻乎乎地鞠了一个躬。

"大王子，您好！"

"您好？哈哈，真是亲切的招呼方式，很久没人对我这样说过了。你好。"

"刚才是我失礼了，非常抱歉，我马上离开，不打扰你了。"我不想惹不必要的麻烦，慌忙地又鞠了一个躬，想要快步走开，却被身后的声音叫住。

"你认识白尘，可以帮我向他传几句话吗？"

"嗯？"听到白尘我就回过了头，"我也不知道自己能不能再见到他……是什么话？"

千羽凌的脸色变得凝重了起来，"告诉他，我这边的情况越来越糟糕，需要他的帮助，请他一定要来见我。"

"你是大王子，怎么会需要白尘的帮助？"我疑惑地问，"而且这种话你自己传召他来就可以了，为什么需要我帮你去说？"

千羽凌抬头望了望四周的高墙，声音有些缥缈的说："如果我出得去的话，这些当然不用你来说。"

"出不去？为什么？你可是王子啊，谁敢拦你……"我左右看了一下，又觉得很奇怪，"为什么你会住在这么偏僻的地方……"

"我是王子没错，可国王如果下令我要留在这里，我当然只能留在这里。"

"国王？！你是说你的弟弟，葵理吗？你可是他的哥哥！"

"是的，我是他的哥哥，但那又能说明什么？"

我愣了一下，隐约想起千羽凌跟双子是同父异母的兄弟，因为白尘在这个时代，所以来之前，我还是对这里的历史做了一些了解的。

大王子是第一任王后的独子，王后死后国王续弦又生下了两位王子，他们是感情不好吗？

已经接近秋天，天气转凉，风吹来都是瑟瑟地发寒，我看大王子身上的衣服却很单薄，曾经高贵的王子处境却这么落魄，让我不由得生出许多同情心来。

想起温和如春风的葵理，还有猫咪一样高傲的朱夜，怎么都不像是会任由自己哥哥这么凄凉的人，他们说想要跟我做朋友的话还犹在耳际。

"是不是你们之间有什么摩擦，你做错了什么事被处罚了吗？我看国王和三王子都挺好说话的，要不我帮你跟他们说一下？"

"你帮我说一下？"

千羽凌听着我的话，像是非常惊讶的样子。我不明就里，还想再问，却突然听到远处传来的声音，像是很多人一起发出的纷沓的脚步声。

这里并不像我想象得那样宁静，我还傻在原地的时候，千羽凌却神色紧张地过来推我。

"快躲到后面去！不要出声，这里不允许外人进来。"

"呃？可是我被允许自由进出的啊。"

"不想死就不要出声!"

我被不由分说地推到了矮墙的里侧,虽然不明白是怎么回事,但我看得出来千羽凌不是在开玩笑,就安静下来在里面听着外面发生的一切。

我怎么也没想到听到的是葵理和朱夜的声音。

"亲爱的哥哥,你又一个人出来散心了?最近还好吗?"略带妩媚和一丝挑衅的声音,一定是朱夜。

"我很好。"千羽凌有些冷淡地回应着,似乎多说一个字都嫌累一样。

"哥哥的态度还是这么恶劣呢,真不好接近,枉我们这么大半夜的特地来看你……"而这种温柔礼貌的语气,肯定是葵理没错了。

千羽凌打断了他的话,直接问:"有什么事?"

"你太不安分。"另一个无生气的声音响起,是朱夜的声音,却像突然从春天步入到冬天一样,"本来在这里虚度残生就可以了,竟然在外面还安排了心腹,做了不少事,怎么,还是想要夺回王位吗?"

这是什么发展?我在矮墙后面一下子僵化了,好像是听到了很了不得的事啊。

—— 3 ——

我听到有个车轮乱转的声音,疼痛的喘气声随之传来,像是一个青年。

"大王子……我……对不起……"

"夏维?!你怎么会在这里?你没事吧?"千羽凌惊讶的声音响起。

不敢伸头去看,我只能想象这些画面。

"不,不要靠近我!大王子,我染上了黑血症,你不可以碰我。"

"黑血症？！"

"嗯，没错。"朱夜满不在乎的笑声传来，"你不是派他出去调查子爵的下落吗？我和哥哥担心子爵会在正爆发黑血症的镇子里，就安排夏维去了那里慢慢地细细地寻找，找了七天才准离开。好像一点结果都没有呢，他太没用了！"

千羽凌倒抽了一口气，慢慢地说："我寻找子爵只是不希望他就这样失踪，没有任何的企图，你们没有必要这么对夏维，他什么都不知道。在那种地方待七天，肯定会被传染，你们是故意的。"

"我怎么对付夏维，你干涉得了吗？"

又是那么冰冷略带着残忍的声音，真的是葵理吗？我越来越怀疑自己的判断能力，忍不住好奇小心地从矮墙外探出半个头去，借着浓重夜色的掩饰，相信没有人能发现我。

真的是葵理和朱夜，他们穿着名贵的便服，领口袖口镶嵌的钻石在夜色中也熠熠生辉，光华夺目，身后还站着不少士兵。

还有一个带着轮子的铁牢笼，里面半躺着一个被锁链困住的狼狈青年，脸色一阵青一阵红地转变着，看起来非常痛苦。

我似乎无意目击了皇家的内部争斗……可葵理不是人很好吗？他对我都无比亲切，怎么会变成这样？

我这里只能看到千羽凌的背影。他低下了头，沉沉地说："我请求你，放过夏维，他是无辜的，我没有任何想要夺取王位的心。"

"谁说你要夺取王位了，就算你想，凭你这样的丧家之犬夺得走吗？"葵理又笑了起来，依然是那么温暖的笑容，说出来的话却像寒风那样刺骨，"我只是想看你失望痛苦的样子，大王子。"

我吓了一跳，情不自禁倒抽一口气。眼前的人到底是谁？是刚才和我谈笑风生的葵理吗？

千羽凌的拳头紧紧握住，半天才说："你不要太过分。"

葵理蜜色的眼眸射出嘲讽的光芒，朱夜从后面搭上他哥哥，纤细的手臂环绕住他的颈项，笑眯眯地开口。

"这个国家的一切都是属于哥哥的，他想怎么过分，就怎么过分。"

"哼。"葵理笑了一声，看了看地上的夏维说，"我来就是给你机会，让你用魔法治愈你的亲信。你们不是从小一块长大的吗？你一定会救他的。如果救得了，可以一起饶恕你们。"

夏维叫了起来："不可以！大王子，你身体不好，也不会那么强大的魔法，不要靠近我！他是想让你也染上疫病！"

夏维还没叫完，身上就被旁边的士兵嫌恶地踹了几脚。

我只是看千羽凌的背影都知道他此刻的心情是多么的沉重，连带着我也沉重了起来。

这太可怕了，他们是血缘上的亲兄弟啊！葵理和朱夜的表情让我觉得他们只是在无聊逗弄一只小宠物一样，而且充满了恶意。他们竟然是想害死自己的哥哥！

我又想起了关于蜜亚国的国王和三王子的传说，原来一切都是真的……那么美丽无瑕，像天使一样，心却比恶魔更加恶毒。

"我看你这样活着也没意思了，看在你是我哥哥的分上所以才没有自己动手。可是你要是真的不愿意救自己的属下，有一堆人帮着我动手。"葵理慢慢地说着，然后丢下让我感到最害怕的一句，"放心，我还是不会让你死的，哪怕最后你真的染上传染病，还是会救活你的……当然，是在你生不如死以后。"

我感觉到自己的汗毛都一阵阵地竖起，他是变态吗？！真不知道他是在想什么！

朱夜的手轻轻地挥了一下，几个士兵走到千羽凌身边，像是要押着他到夏维身边。

我知道自己不该暴露，不该轻举妄动，即便我出去了也没什么用，可是身体不受大脑控制,脑子里还是制止自己的时候,人就已经冲出了矮墙之外。

"住手!"这声呼喊也不是我自己能控制地冲口而出。

所有士兵都停下动作,拿着武器警备地对准我,葵理和朱夜也惊讶地看着我。

"夕音小姐?"朱夜挑起眉,又转头去看葵理,对方的脸上已经恢复得一片平静。

我心里暗叫糟糕,可人都已经跑出去了,就硬着头皮说:"你们说我可以在王宫中自由进出的,这里也是王宫的一部分吧。"

"这里是王宫的一部分。"葵理回答我,"但是我不喜欢你到这里偷听我说话。"

"我……对不起……我也是刚刚过来的,之前发生了什么事我不知道,没听到什么。只是我想,大王子既然没有什么魔力的话,不如由我来帮他治疗这个人吧……"

我说完低下头,心里一阵阵地发毛,感觉到有无比锐利的视线扫到我的身上。

"夕音小姐,你是我的朋友,你的魔力本来是应该为帮助我,为这个国家出更多力的,怎么可以浪费到这种小事身上?"葵理这样问我。

"没有什么比人命更加重要的事了,我想要救他……帮助国家这么重的责任不适合我,我也不适合做国王陛下的朋友。"

"你不喜欢做我的朋友?我会很生气哦。"葵理盯着我看。

"呃……"不知道为什么,被他这样看着,我突然狂冒冷汗,我明明并不是胆小的人。

"既然你不是我的朋友,就该住回监狱。既然你那么喜欢救人的话,就把这个下等人一起放进监狱让你慢慢救好了。"

葵理这样的态度是不是该叫一百八十度大转弯,翻脸比翻书还快,

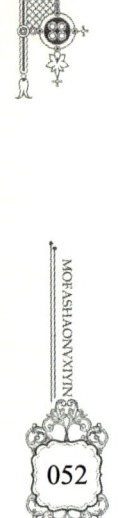

快得我都反应不过来。如果之前是伪装的话,他至少也该坚持一会儿吧?

"国王陛下。"千羽凌的声音里有抑制的焦急,"黑血症没有那么容易治愈,还容易传染,监狱里人那么密集,会短时间害所有人都染病的。"

"是吗?那又怎么样?那些不是罪犯吗?"

"罪犯就没有人权吗?!"

"没有。"葵理温和地笑着,"不管是不是罪犯,只有我愿意赏赐的人,才会有人权。难道你还不明白吗?"

千羽凌被葵理的话哽住了,没有再出声。我也不太相信自己听到的,哪有人会这么坦然地说出这么任性的话。

朱夜还是靠在葵理的身边,像是安抚他一样地说着:"哥哥不要生气,既然他们都不听话,把这个女人和这个下等人马上关进牢房好了,一秒钟都不要耽误。"

他话音才落,真的有一堆士兵围上来抓住我,我后退了一步,想要施法回击,又强制地停掉了自己的动作。

"不反抗?我是不是该称赞一句你还挺聪明的?"朱夜调侃地审视着我。

"陛下……"

千羽凌几步跑向我,挡在我身前,似乎想求情。他带着复杂的目光看着我,我对着他摇摇头。

"我不会有事的,不要对着那种人浪费力气。希望有机会再见。"

"你……你叫夕音?"千羽凌突然认真地问我的名字。

"莫夕音。"我才说完就被士兵们抓住,粗暴地拉住我往夏维的铁牢笼走去。

铁牢笼的门被打开,我要被塞进去之前千羽凌突然又想向我跑来,想制止这一切，可是被士兵重重拦住。

"夕音小姐！夏维！"千羽凌的声音从身后传来。

葵理略皱眉头，还不用他开口，朱夜就率先出声："太吵了，把大王子带进住所，以后连门都可以不用出了。"

我眼睁睁地看着大王子被人押走，我又被一把推进不大的铁笼子，一下子撞到了夏维的身上，让本来就很痛苦的他又呻吟了一声。只是这样隔着衣物的碰触，我就能感觉到他身上的皮肤燃烧一样发烫。

"把他们带走吧，离这里越远越好。"

又是朱夜下令，笼子的门就被重新锁上，我们连人带笼子被一起推走了。我才从牢里出来，才过几个小时而已，没想到这么快又得再次走进监牢。

外面的天空还是淡淡的月光，洒进笼子里，照在夏维的脸上，可以看出他有多虚弱，已经神志不太清醒。

我念动治愈法术的咒语，和月亮一般琥珀色的光芒从夏维的肌肤里渗入体内，同样又有血红色的烟雾慢慢从他身体里蒸腾出来，让他痛苦的神色稍微缓解了一些，可是这样还远远不够。

这个时候如果有白尘在就好了，他一定会想到办法的。

想到白尘，我突然像是被电流击过了一样。

现在才明白，为什么之前明明白尘是在警告我，我却感觉他的话里有另外一层意思，或者更应该说是……提醒？他在提醒我小心谨慎？不是为了葵理和朱夜，不是怕我对他们不利，而是在担心我？

那时候我实在想象不出面前这两个比花更美丽的尊贵少年会对我做些什么，如果他们想要杀死我，根本不必多费这么多口舌和时间。现在我却发现，对于身处在国家最高地位的人来说，因为没有什么是做不了、得不到的，所以他们做任何事都不需要理由，只凭着喜欢就可以了。

被当成宠物一样逗着的感觉真的很不舒服,恐怕葵理和朱夜是把整个国家的人民都视为了可以随便操控的玩具。

—— 4 ——

该死的葵理和朱夜,在我重见天日不久之后,又一次飞快地把我关进了监牢。

还好这次不再是个人监狱,不再是对着四面没有一丝缝隙的石墙,我被关进了普通监狱,有男有女,混杂到了一起,生着重病的夏维就在我的身边。

监狱里拥挤得不成样子,暴君治理的国家罪犯也特别多。不管有罪没罪,反正他不顺眼的全部都关了进来。我才进来半天,就知道这里面有多少被生活压迫而不得不犯罪的难民,或是被莫名其妙的理由关进来的普通人。

大王子让我请求白尘,他是相信白尘的人,这也让我对他产生了莫名的信任,帮着大王子就像是帮着白尘一样。

关在一个牢房里的人知道夏维得了黑血症之后都吓得魂飞魄散,有多远躲多远,只有我一直坐在他的身边,不停地用治愈法术去救他,虽然越来越疲惫,可是看着他的脸色一点一点地好转,我又有了动力可以坚持下去。

夏维的身体状况已经恢复了一些,有力气睁开眼睛,看着我喘着气说:"你不应该靠近我,也会惹上疫病的,这个病可没有那么容易治好。"

"我不能看着你不管,至于我嘛,我的魔法很强的,而且还有护身符,不用替我担心。"

我摸了摸手上的金琉璃珠串,那是哥哥送给我的生日礼物,我一直都戴在身上，能够抵御多数毒素和疫病，可以让我专心地救治夏维。

可是葵理没有给我这个机会，没一会儿我和夏维所在的牢笼就被打开了，几个又高又壮的士兵走进来，有人强行把我架起，还有人戴上手套和面罩去拉夏维。

"你们要做什么？！他还在生病，放开他啊！"

"生病？生病就不用服刑了吗？把你们关进来不是让你们白吃白喝的，谁都一样。"士兵们不由分说地推着我。

"可是他的病是会传染的！别人怎么办？"

"传染又怎么样，国王陛下怎么说我们就怎么做，少说废话了！不然国王下令将你们一块处死！"其中一个士兵扬起鞭子恐吓着我。

到了这种地步我只能忍气吞声，我和夏维被强行带出了监狱，分别被安排了繁重的劳力工作。葵理是故意不让我救治夏维，还要害监狱里的人都染上瘟疫。

沉重的体力活连我都不能负荷，更别提是夏维了，可是我们被分到了很远的地方，也不知道他那里状况怎么样。

"快点做事，磨磨蹭蹭的干什么！"

稍微一分心，旁边的士兵就吼了一声，对我高高地扬起鞭子。

我咬牙闭上眼睛，等待着痛苦来临，可是好半天都没有鞭子落下来。睁开眼睛的时候就看到前面站着一个人，挡住了阳光，周身的轮廓被染上了一层金色的光晕。

"大祭司！您怎么到这里来了！"

我身边的士兵手中的鞭子已经断得四分五裂，他连忙单膝下跪行礼，四周的人也都纷纷行礼。

白尘？！我简直不敢相信自己的眼睛，沐浴在金光之下的他，耀眼得让太阳都为之失色，他竟然来监狱里，是来找我的？

"昨晚我警告过你不要闯祸，只是一晚上的时间，你就……"白尘

的口气中似乎有无奈和责备,却让我心里莫名地感到温暖。

我看了一眼旁边的士兵,把关于千羽凌的话吞了回去,鼓起嘴埋怨:"我怎么知道国王这么难伺候的,说了让我自由进出,可是随便走了一下他就生气了。"

"你去了哪里?"

"只是去了一个偏僻点的角落而已。"

"偏僻的角落?"白尘的眼眸沉了几分,像是明白了什么,又没有继续问,他说,"其实你在被押到监狱的路上,依然可以找机会跑掉,为什么一直要留在这里,情愿变成囚犯也要留在这里?"

"我就是想留在这里……就算死在这里也可以……"说着,我苦笑了一下,没有去看白尘的反应。

"莫夕音,你到底是个什么样的人……"白尘轻轻感慨着。

一时间我们都沉默了。

"啊对!"我突然想起来正经事,连忙抓住白尘的袖子说,"夏维感染了黑血症,还被关进了监狱,要做体力活,而且身边这么多犯人,随时都会感染的,你快救救他们啊!"

身边的士兵看我唐突的举动想要拉开我,被白尘制止住。

"你说什么?谁是夏维?他感染了疫病为什么还会被关进来?"

"夏维就是一个叫夏维的人啦,现在来不及说这么多,你快去看看他,救救他吧!"

我一个劲地拉着白尘,他也不介意,只是冷静地转头问士兵:"叫夏维的囚犯现在在哪一个区域?"

"大祭司,这是国王陛下特别交代的重要囚犯,不许您探视的。"

"他在哪儿?"

"大祭司……"士兵惴惴地对上白尘的视线,轻易地就败下阵来,垂头说着:"在伐木区……"

白尘的衣角一扬，转身就走。

我在原地愣了一会儿，跳进来问："我可以一起去吗？"

他脚步停住，只是用背影对着我，我很快反应过来，他是在等我，于是无比欣喜地跑了过去，笑得一脸阳光。

"为什么总是那么容易开心的样子？"白尘看着我因为干重活而灰头土脸的样子问。

"因为最想要的就在身边。"

我笑眯眯地看着白尘回答，让他皱了皱眉，最后不自在地别过头去。

一路走到伐木区，罪犯们被鞭打的哀嚎声远远就能传来，听得我头皮发麻。

白尘微皱眉头，加快脚步走进士兵把守的区域内，就看到好几个人蹲在地上被士兵抽打着。我眼尖地在里面发现了夏维的身影。

"夏维！"我连忙跑了过去，拦下士兵手中高高扬起的鞭子，"他正在生重病，怎么可以打这么虚弱的病人！"

"这是干什么？"白尘紧随其后。

"啊，大祭司，您怎么来了！"士兵们纷纷行礼，"这几个囚犯不听话，有几个听说有人染上黑血症之后就不肯跟他一起干活，我们只好教训一下他们。"

"明明知道染上黑血症会传染，为什么还要他们在一起干活？"白尘的神色一沉。

"这……这一切都是国王的命令。"

"现在是我的命令，让他们休息，把生病的犯人移到阴凉的地方，立刻。"

"……"士兵们互看一眼之后，还是回答，"是！"

夏维在一个阴凉的草棚下暂时被安置，本来被我治愈了许多的脸色又变得灰白起来。

白尘就蹲在他身边，毫不顾忌地伸手察探。

"你不怕被传染吗？"

"你都不怕了。"白尘看也不看地回答着我，然后淡淡地说，"病得很重，治愈的可能性很小。"

"可能性小就代表还有可能性喽？"

"光凭法术不行，我得去神殿带净化水过来。"白尘说着又看了看刚才与夏维在一起的囚犯们，最后眼神定在我身上，"恐怕他们已经被传染了。你要不要紧？"

"我没问题，可以帮着一起救人。"我压低声音说，"这个夏维，大概是大王子身边唯一可以信任的人了。"

"……"

白尘飞速地瞥了我一眼，像是什么都没听到一样，站了起来。

"我回神殿了，会带净化水过来，这期间你不要过多接触病人，也不要让其他人接触，我会尽快回来。"

他又过去对士兵们嘱咐了几句，对方都纷纷点头。

有白尘在，我一直吊着的心终于落下了，整个人都轻松了许多，我相信他一定会拯救我们的。

只是我没想到，接下来的几天却再也没有见到白尘的身影。

我和夏维被分到了两个牢房，不能再救治他，眼见他一天比一天病得更重，到后来已经完全进入了半昏迷的状态，可是白尘一直没有再出现，说好的净化水更是不见踪影。

他是怎么了？欺骗我了吗？不，我马上摇头，这不可能，就算不相信全世界的人，我也应该相信小白，一定是发生了什么事情才对，想到这里我只有更加担心起来，如果不是特别重要的事，他一定不会丢下我们不管。

好在没有人再对我和夏维动过武力和鞭子，也没有人强迫夏维去干活，我想应该是白尘暗中嘱咐过了。可是情况还是很糟糕，只是两天的时间，我看到很多人都已经有了染上疫病的病症，尤其是跟夏维同一个牢房的人，已经被传染得很严重了。

痛苦和恐惧的呻吟声充斥着整个监狱……可想而知再过几天这里会变成什么样，简直就会是人间地狱。

我拼命地请求士兵让我救一救夏维，可是没有一个人理睬我。再这样下去不行……我几乎就要用魔法强行冲破牢房，可又知道那只会带来更严重的后果。

小白……你在哪里……救救我们……

"你在想什么？好像很苦恼的样子。"

突然耳边传来了一个清亮又动听的声音，把我吓了一跳，乱飞的思绪都猛然收了回来。

转过头就看到一张精致绝伦的脸蛋出现在眼前，如紫金花般妩媚的眼眸，令所有女性都嫉妒不已的浓密睫毛，白皙无瑕的肌肤，挺翘的鼻梁……紫色微卷的长发有些凌乱地在脑后绑起，衣服也有一点脏乱，整个人却一点也不显得狼狈，反而闪烁着宝石一样的光芒。

除了白尘，我在这里短短的几天时间，就见过了三位王子，那么美丽得不真实的美少年，可是再见到眼前这张脸还是避免不了地大受震动，漂亮得太过分了，根本就是为了让所有女性都为之自卑。

这样的美少年怎么会被关进监牢，什么时候突然来到了我的身边，还偷偷地跟我说话？

"你是谁？我不认识你。"我收回发傻的表情，警觉地将过近的距离拉开了一些，别以为用美色就可以打倒我！

"您好，我叫诗泉。"自称诗泉的美少年注意着看守的士兵往来，压低声音对我说，"我是来保护您离开监狱的。"

"保护我离开？为什么？！我说了我不认识你。"

"但我知道您会是水国,也就是我的国家的大祭司,我等了很久,终于等到您的降临,现在就是带着您离开的时候。"

诗泉恭敬地对我说着,眼睛里全是真挚和忠诚的光芒。

水国?我?大祭司?这又是怎么一回事?!我的嘴巴大大地张开来。

第三章
THE THIRD CHAPTER

水 国

"您就是水国的祭司！我们水国有一个流传了百年的预言，就在这一年的这一个时间，会有带着时空之钻，来自异时空的魔法师闯入蜜亚王国，遭受劫难，但最终会成为水国的大祭司，而且是史上最伟大的一位祭司，带领水国走出灾难抵御欺凌，让水国更加强盛！"

— 1 —

我第二次来到这个空间这个国家只有半个月左右的时间,就像是经历了别人一辈子波折的量一样,大起大落,各种变化都是那么令人措手不及,就在我最无助最失落的时候,有一个美得像是让整个牢房的空气都变得清新、让空气中回响着天籁圣歌的美少年告诉我,他可以带我摆脱这一切,要保护我。

非但这样,这个美少年一见面就突然一副誓死效忠于我,哪怕付出生命的架势,一双亮如繁星的大眼睛直直地盯着我,如花瓣般嫣红柔软的双唇毫不羞涩地吐出大篇表白:

"我一直在等待着传说中水国最伟大的祭司降临,这就是我在蜜亚王国的最终使命,我也一直在想象您会是个什么样的人,是长满胡子的老头子还是雄壮的勇士!直到今天看到您,您是那么的令人意外,令人惊喜,那么年轻,那么甜美芬芳的脸颊,那么纯洁神圣的气质,同时还有着强大的魔力。水国等待着您的拯救,您就是水国的希望,我们的女神。"

诗泉像是念赞美词一样神态坦然地向我朗诵着,我听到这么一长串话,下巴都快脱臼了,半天反应不过来。

他真的是在说我?那么肉麻的一堆字眼真的是在形容我吗?我听得人都不好意思了,他竟然可以脸不红气不喘地一口气说下来,看上去还想说上更多……

我连忙制止了诗泉:"不要再说了!我哪有这样!你乱七八糟地说

些什么啊……"

"我并不是在瞎说，您在我心目中远比这更加美好。我在潜入监狱之前就听说您费心医治着患了黑血症的罪犯，这种高尚的情操令人敬仰，不愧是水国的大祭司。"

诗泉大海般的眼眸闪烁着崇敬的光芒，我看得出来他是发自内心地感慨着，就是这样才更令我咋舌……

"我可没你想象得那么好，而且也不是你们水国的大祭司，你一定是认错人了吧，不要害你没头没脑地白夸了一通。"

"您就是水国的祭司！我们水国有一个流传了百年的预言，就在这一年的这一个时间，会有带着时空之钻，来自异时空的魔法师闯入蜜亚王国，遭受劫难，但最终会成为水国的大祭司，而且是史上最伟大的一位祭司，带领水国走出灾难抵御欺凌，让水国更加强盛！"

"你是开玩笑的吧……真有这样的预言？说的不是我吧？"我情不自禁地摸着挂在脖子上的时空之钻，说的好像是我，但怎么可能是我啊？

我了解过这个时代的历史，知道那个贫弱的水国，可从来没听说过有什么时空穿越者当上大祭司了。

难道我来到这个时空会像传说中的蝴蝶效应一样，引起什么风暴吗？

"就是您！几十年来所有预言师都是这样说，不会出错的。我也从小被安排在蜜亚王国的王都生活，就是为了迎接您的到来，带您摆脱劫难。"

"你真的搞错了，也许过几天又有别的魔法师闯进来，反正我不会去水国更不会做什么大祭司，我来这里的目的只有一个，哪里也不会去的。"我认真说道。我来这儿是为了白尘，为了见他，保护他，怎么可能跑去遥远的水国当什么祭司？

"水国需要您,大祭司,您如此高尚善良,绝对不会丢下这个国家的人民不顾。如果您在蜜亚王国还有什么心愿没有达成,还有什么目的没有得到,我都会尽力帮助您——实现,直到您愿意成为大祭司为止。"

诗泉的眼睛中有着无比坚定和热诚的光芒,简直让我无法直视,我都不知道自己又怎么会招惹上这么一个人。

我还是无奈地甩甩手说:"我都说我不会做什么大祭司了,你也不要这样叫我,不要您来您去的,我叫莫夕音,再叫大祭司我可不会理睬你。"

"这样不敬,真的可以吗?"诗泉看了看我的脸色,慎重地说,"那……夕音小姐?"

"叫夕音就可以啦。算了算了……只要不再叫我大祭司就好。"

听到大祭司我就忍不住会想到白尘,他是蜜亚王国的大祭司,我不知道自己为什么莫名其妙地成为另一个国家的大祭司,一定是那些预言师随口糊弄的,无论如何我都不会离开白尘。

"夕音小姐,您的魔力其实可以让你逃离监狱的,加上我的帮助成功率就会更高,我们商量一下什么时候可以行动吧!"

"行动?行什么动……我没有想要逃狱,我就要在这里!"逃狱了想再见到白尘就难上加难了……我认真地对诗泉说,"不管你是因为什么而进来的,还是赶紧出去吧,这里已经开始流行很可怕的疫病,容易传染,很危险的,不要为了什么不存在的大祭司丢了性命。"

"我的生命就是完全属于水国,属于大祭司的,不存在丢不丢。如果夕音小姐坚持要在这里的话,我会一直陪着你,直到您愿意跟我到水国担任大祭司的那一天!至于我的性命,根本微不足道,为您而献出生命是我的荣幸。"

我真的一个头比两个还大,"这可不是开玩笑的,你到底在任性个什么啊,我都说……"

"夕音小姐,我不会勉强您,只希望可以待在您的身边,请允许我这么卑微的请求!"

诗泉虽然嘴上说着"卑微",脸色却没一点显出卑微的意思,一派理直气壮,音量比之前的还更加大了。

"嘘,嘘!"我看了看已经注意到这边的士兵,紧张地提醒,"不要这么大声啊,反正我已经跟你把话说清楚了,你要怎么办我也拿你没办法,总之自己小心吧。还有,不要在外人面前说我是水国大祭司什么的啊!"

诗泉颇为骄傲地表示:"您放心,我没有蠢到这种程度。夕音小姐是还想要救治那个得了黑血症的病人吗?"

"嗯,不能放着他不管,现在染病的人越来越多了,可是小白却还是迟迟没出现,再这样下去整个监狱的人都要死,包括那些执行国王命令的士兵。"

"小白……是谁?夕音小姐的朋友吗?"

"呃。"我捂住嘴巴,竟然在诗泉面前不自觉地说着小白,对他太没有戒心了,可是发现已经来不及,就无精打采地说:"我不知道,在他心目中我算不算朋友,总之是我很重要的人就对了。"

"他似乎让夕音小姐很不高兴的样子,谁让夕音小姐不高兴,我就帮你教训他!"

"唉,我才不要你教训他呢!"我看着诗泉认真又精致的脸,忍不住笑了起来,"你真是怪人……大概你才是我在这个世界上的第一个朋友吧。"

"朋友……夕音小姐把我当朋友……"诗泉的脸色突然复杂了起来。

我没有精力理会那么多,正想着怎么解决疫病的事,突然看到两个士兵冲我的牢房里走过来,并且打开了门。

"莫夕音,快出来。"

"什么事？"诗泉先一步发问，绷着脸，明明是那么漂亮的长相，却一副马上要拔剑砍人的阵仗。

士兵有点莫名其妙，转头看着我，"叫你出来就出来，大祭司过来了。"

"小白？！"

我腾地一下站了起来，心里积压了多日的乌云猛然消散，他终于出现了，他果然不是在欺骗我！我终于又能见到小白了！

"你说的小白……就是蜜亚王国的大祭司白尘？"诗泉也跟着我站了起来，脸上全是震惊，紧接着说："我跟夕音小姐一块去！"

"唉，你不要凑热闹啦……"

"夕音小姐！"

诗泉璀璨过繁星的大眼睛又在闪动着让我招架不住的光芒，我怕自己被他闪得眼花，只好认输说："好啦好啦……你不要说奇怪的话、做奇怪的事哦……"

"是！"

我跟诗泉一起走出牢房，白尘一来，士兵的态度比之前猛然尊重了许多，连我再带上个小跟班都没有阻拦。

我们一起被带到了监狱的会面室。白尘一身王国的正统服饰，洁白如云般地站在房间中，像画出来的圣像一样美好高贵。

我愣愣看着他的脸，还有线条美好的薄唇，这些天，他的印象已经不是我梦境与回忆中那个温柔的恋人了。每次看到他，我脑中蹦出来的词都是"高洁"、"神圣"，根本不能想象……如果我去吻现在的他，一定会像是在玷污他吧？

"小……呃，大祭司！"

我克制不住激动的心情一溜烟跑到白尘的身前，不停地看着他，就像是要把这几天没看到的分量全都补回来一样。还好，他只是看上去有一点疲惫，不像是出了什么意外，一切安全的样子。

"你这几天去哪里了？担心死我了！"

"你在狱中，却要担心我？"白尘的唇边似乎有浅浅的笑容一闪而逝，他的视线转到了诗泉的身上，"他是？"

"他叫诗泉，是……是我在这里认识的朋友，非要跟过来……"

诗泉少年老成地向白尘得体地行了个礼，"大祭司您好。能跟夕音小姐做朋友我无比荣幸，希望也可以帮上一点忙。"

白尘只是静静地看了诗泉一眼，然后说："这几天，是国王陛下困住了我，不停地安排工作，执意要我留在皇宫，我想办法脱身才能来这里。"

"啊……又是国王？！他到底是想干吗？"我生气地看着白尘眼睛里的血丝，他大概连觉都没睡好，葵理和朱夜那两个变态，为了玩一场关乎人命的游戏，就这样对付白尘吗？

"这些事容后再说。这几天……你……还好吗？"白尘的声音变得很轻，让我几乎以为自己是听错了。

他在关心我！

他的事，我是知道的。从小生长的环境就很孤独，被关在神殿里日夜学习，没有亲人，没有朋友，没人关怀，没有爱，他不懂什么是爱，不懂什么是恨，也不懂得怎么表达。而现在……他竟然是在主动关心我吗？

我不争气地又鼻子泛酸起来，眼前的视线也变得模糊。虽然只是短短的一声问候，对每天每时每刻都在思念着他的我来说却无比重要。

"夕音小姐！夕音小姐！你哭了！你是因为大祭司而哭了吗？"诗泉在旁边一惊一乍地叫了起来，而且还带着一点点敌意，用力瞪着白尘，好像他是个罪人，把我跟白尘之间好不容易酿造出来的温情氛围给破坏个精光。

"没有啦，我才没有哭！你乱说什么！"我抹了一把脸，对着白尘说："我没事，我很好。但……但监狱里的其他人很不好。"

白尘的脸色有些凝重起来，"不知道还来不来得及，但我已经带了最好的净化水，一般的病症都可以净化掉。如果病情比我想象中蔓延得更加严重，可能这些也不够用了。"

"那……那怎么办？"

"不要浪费时间，你马上带着这些净化水去救治夏维和其他病人。"白尘一指桌面琳琅满目的玻璃瓶子。

"嗯！可是……可是你不来吗？"我依依不舍地看着白尘。

"我是抽时间过来的，国王陛下还不知道我来了监狱……"

我惊呼了起来："他不知道？！那你会不会有事？！"

"不用管我，我会解决自己的问题。"白尘的声音恢复到冰冷而平淡，"要麻烦你了，尽力把病人们治好。"

"说得容易。"诗泉突然不满地插嘴，"那么多病人，药物又不够，要消耗夕音小姐多少魔法？你全丢给她一个人，自己就这样走了算什么？"

"诗泉！"我白了诗泉一眼，他还真是替我着急，竟然敢出声顶撞白尘。

白尘并没有将这小小的挑衅放在心里，神情淡然地说："因为只能这样做。莫夕音，能交给你吗？"

我傻傻地看着白尘的脸，毫不犹豫地、就像小时候上学宣誓一样回答："当然能。"

白尘再次和我视线交集，那么深那么美的眼眸里也有了一丝异样的光彩，令人心动的光彩。如冰川缝隙中开出的一朵小花，如漫天黑夜划过的一颗流星，烙在我的心上，永远也忘不掉。

2

跟白尘每次见面都是那么来去匆匆,这次我又没时间多伤感,看着他离开之后,马上带着白尘给的净化水,跟诗泉飞快地赶到了夏维所在的牢房。

痛苦的呻吟、喘息声、求救声,都夹杂着一起传来,让我的心也揪得紧紧的。

夏维的病情最严重,我在横七竖八躺了一地的犯人中找到他时,他几乎就快要停止呼吸了。

"夏维!夏维!坚持住啊!大王子还在等你回去!"我着急地大声叫喊着,一边连忙从药瓶子里倒出净化水。

虽然名叫净化水,然而却并不像水,非常的黏稠,倒出来的一滴,晶莹剔透像是小琉璃珠一样。我大概知道这是神殿用来医治病患的珍贵的东西,于是小心地扶着夏维,往他嘴里倒。

夏维像是听到大王子之后极力想要清醒过来,挣动了一下,终于可以艰难地吞下了净化水。

"救我!也救救我啊!"

"是药啊!我也染病了……"

"救命!"

一看到我喂夏维吃药,牢房里其他的犯人也一拥而上地跑过来,像是饿了很久看到食物的人一样,眼神中全是疯狂,手也拼命地抓着我的衣服,我被一堆人抓来抓去,几乎就要跌倒。

"让开!放开手,不要抓着她!"诗泉在旁边连忙帮我挡着,不过人太多,他根本挡不过来。对着病人我们又不能动粗,诗泉只好无奈地嚷了一声,"神殿的净化水全都在我这边!"

只这一句,所有人的矛头掉转,全部放开我疯涌向诗泉去纠缠他,

我终于可以透一点气了。

感激地看了被一群人裹在中间的诗泉一眼,我扶着夏维用舒服的姿态躺好,然后吟唱起魔法咒语,继续用治愈法术治疗他。

他感染太久,已经在生死边缘,所以用一般的治愈法术根本没用,而高阶段治愈法术需要的时间很漫长,又要很专心,而且,治愈魔法是我学得最差的!因为在我的时代,大家生病了都直接去医院,根本没什么机会用魔法。小时候要不是哥哥逼我学,我根本不会学这种魔法。

可到了这里,才知道治愈魔法是多么重要。

我顾不得诗泉是用什么方法拖住其他人,但他一直没有让我被别人打扰。红色的烟雾持续不断地从夏维的身体中慢慢蒸腾出来,他赤红的脸也一点一点地在消退颜色。

这种魔法是可以治疗人体的伤病,但我不知道是不是可以彻底治疗黑血症,只能尽力去尝试。时间一点一滴地过去,直到夏维脸上和露在外面的皮肤不正常的红色全部消退下去,已经有点乏力的我才停下手来。

转头去看诗泉,他的头发和衣服都已经被挠得乱七八糟不成样子,精致无瑕的脸上甚至也被指甲抓伤,划出了几条不深的血痕,让我大吃一惊。不过神奇的是那群犯人已经没有刚才那么激动,只是不安地围在他身边,不知道他是用什么方法安抚住的。

我把诗泉叫了过来,查看了一下他的伤口,就小声地问:"净化水都在我这边,他们怎么都这么听话?"

诗泉吐出一口气,也压低声音说:"我用魔法变了一些开水,骗他们说是神殿净化水,喝了很快就会好,暂时放过我了。"

"挺聪明的嘛。"我笑着夸了一下他,随即又担心地问,"你没什么事吧?"

"您没什么事吧?"诗泉比我更担心,上上下下地打量着我,"没问题吗？累不累？您的魔力确实很强大，我站在旁边都感受到了，可是这样消耗还是会累吧？"

"我没事，夏维应该不会有生命危险，接下来就该治疗其他人了。"

"可是这里病人这么多，又这么乱，你怎么治疗他们？"

"没问题的。"我跨出一步，对牢房里的其他人大声说："你们刚才已经喝下净化水，不会有事的，不过为了确保万无一失，我再用一点点小魔法确认一下每个人是不是都好了。这个时候你们就不要再紧张了，不要抢来抢去，只是确认一下，不过我的魔法不是很好，要花比较长的时间，如果不介意的话一个一个地来好吗？从病得最严重的开始。"

"好！好！我愿意！"

"我愿意！快来看看我！"

犯人们虽然还是很急切，却没有跟刚才一样疯狂了，诗泉深深地看了我一眼，然后从犯人中找出看上去最虚弱的，搀扶到了我身边。

我偷偷地拿出净化水，放到手心里轻轻念了下魔咒，令它凝聚在一起，像是一颗真正的琉璃珠子。然后对那个人说："不要紧张，先吃下这颗糖，我再帮你检查吧。"

监狱里很少有其他食物，难得能看到糖果，不管是不是喜欢甜食的人都不会拒绝，那个人果然连忙谢谢我，把药吃了下去。

诗泉对着我笑了笑，站到了一边。

我开始专心施展治愈魔法，时间变得又漫长又短暂，一个一个染病的犯人从我手中接过"糖果"，接受治疗，再到离开，直到四周的光线渐渐黯淡下来。

"下一个……"

我擦了一把汗，正想要继续，有人按住了我的手。

是诗泉。

"不要再继续了，我看得出您已经很累了，会吃不消的。天都要黑

下来了，明天再继续吧。"

"这不行，这是传染病，如果不一起治好的话，他们还是会互相传染，我们的努力又都白费了。"

"可是病人还有很多，您先倒下去的话，剩下的人又由谁来治疗？还是先休息一下吧！"

诗泉很坚持地握住我的手不肯放开，我无奈地看着其他犯人，没想到他们也都劝起我来。

"对，你还是休息吧，只是一个晚上不要紧的，明天继续。"

"我们会自己小心的，没有接受过治疗的人离其他人越远越好，不去接触就好了。"

"你们……"我意外地看着刚才还争先恐后的人们都变得平和理智起来。

一个中年男人充满感激地对我说："其实我们已经看出来了，你后来给我们吃的糖才是真正的净化水，你是在用治愈法术救我们。之前是我们太害怕太紧张所以才会这样，其实你根本没有义务要救我们，可还是很辛苦地在努力着。我们一定不会让你的辛苦白费。"

中年男子的话引来一片认同的附和声，让我讶异。

这都是很善良很温柔的一群人，却成为罪犯被关在监狱里，被当成白老鼠一样地玩耍。我对葵理和朱夜的不满更加深了许多。

"谢谢你们……谢谢。"我胸前挂着的时光宝石一直在闪烁，自己也知道这样勉强下去不行，如果魔法耗尽我就必须得回到原来的时空，想再回来就不容易了。想到这里我也不再坚持，只能谢谢这群人的谅解。

"是我们应该谢谢你才对！谢谢你来救我们，你就是我们的圣女啊！"

"对！圣女大人，请不要丢下我们。"

"啊？圣女？"我紧张地连忙摆手，"我才不是啦，不要这样叫我……"而且这个名称听着真的怪怪的啊！

我还没说完，牢房的门被士兵打开，掩饰着不满对我们说着："已经耽误得够久了，快回自己的牢房去吧，不是大祭司的命令，我们可不会顶着掉脑袋的危险让你们过来。"

听到白尘我就微笑了起来，没有他的帮助我什么事都做不了。

在回到自己牢房的路上，我总是能感觉到诗泉打量着我的视线，想忽视也很困难，就干脆问他："你到底在看什么？"

"您肯定是水国的大祭司不会有错。"他认真地点了点头。

"又来了……什么大祭司，圣女，别把那些跟我八竿子打不着关系的头衔都套到我身上啊……"突然之间我都要变成雅典娜了。

诗泉对我展露比阳光更明媚的笑容，对我说："这是他们表达感激之情的方式，你就是他们心目中的圣女大人，也是我心中的……"

"我只想把人救活就行，才不想做什么圣女大人祭司大人。"

"不管你想不想，你刚刚救人的时候，身上散发出来的光芒，都是那么耀眼，那么温柔，就像是圣女降临一样，让人看着你可以忘记一切……"

诗泉直直地看着我，眼睛里全是认真，可是话里的肉麻内容就让我撑不住地脸通红。

真不知道该说他坦率好还是不怕肉麻好，我再也不要跟他说话，一个人不自在地走到了前面去。

第二天天一亮，又是诗泉陪着我一块到夏维的牢房医治。这次顺利了许多，每个人都很配合，夏维的精神也比昨天更好，让我非常欣慰。也许我到这个世界也不是除了找白尘之外毫无意义的，我在帮助他，帮助他的国家。

好吧，我自己也是蜜亚国的人，但我的时代早不是这样了。

在治疗了几个人之后我实在有些支撑不住，就坐下来休息一会儿，

夏维慢慢地坐到了我的身边，递来了一碗清水，对我说："真是非常感谢你……我们才见过几面，却给你带来这么多麻烦，要你这么辛苦。"

我接过夏维的水，喝了一口，说："这不是你带来的麻烦，是葵理和朱夜。"

"说实话我很意外你竟然敢这么公然挑衅国王陛下和公爵殿下，你和大公爵殿下应该是才认识没多久吧？"

"不是认识没多久。"我调皮地对夏维笑起来，"我跟他才认识一会儿你们就出现了。"

"啊？"夏维吃惊地看着我，"那你是为了什么这么尽力地帮助我们……"

来到这个世界之后我都记不清这是第几次被问为什么了，我其实一直都是凭着直觉行动，自己也回答不出来是为了什么。也许是大王子要我帮忙请求白尘的帮助开始，也许是从第一眼见到大王子的时候，我就可以确定他不是坏人。跟最初见到葵理和朱夜那种刻意堆出来的善良亲切不一样。

"你只要知道我没有恶意就好了，别的我也说不清楚。如果你愿意相信我的话，哪天可以跟我说一下大王子和国王还有公爵的事，他们……跟白尘都是什么样的关系。"

最后一句其实才是我的重点。

"我当然相信你。"夏维听完就用力点头，过了一会儿看着在旁边忙碌的诗泉，随口说了一句，"他的脸为什么这么红……"

"他的脸皮那么厚，也会脸红的吗？"我看了一眼诗泉，发现他白皙的脸颊上确实泛着嫣红，虽然还是很美丽，却红得不太对劲。看了一会儿，我才猛然惊觉了什么，一下子站了起来，"诗泉！"

"嗯？什么事？"诗泉回头看着我。

"你，你也被传染了？！"

3

诗泉的脸上泛着红晕,声音有些缥缈无力,他摸上自己的额头,这时候我才发现他的眼神都是涣散的。

"笨蛋!身体不舒服不会说一声吗?!"

我连忙跑过去拉住诗泉,发现他的皮肤都在发烫,的确是染上黑血症的症状,而且比一般病人的情况还更重一些。

这时我才想起他的脸被染病的犯人抓伤过,从伤口传染当然比只是呼吸传染要严重许多,他竟然一声都没吭过!

"我本来以为自己是累得有点发烧……"诗泉坐了下来,无力地晃了晃脑袋,一头柔软凌乱的头发也随之晃动起来。

"笨死了!笨死了!"我气得不知道说什么好,只能这样骂着他。

其实笨的人是我才对。我一直想着监狱的病人们不可以有事,一直在想着白尘,可是从来都没有想过就在我身边的诗泉,理所当然地觉得他不会染上疫病,理所当然地让他一直跟在我的身边,从来没想着要去关心一下他的状况。

"看到夕音小姐为我这么紧张,我觉得太幸福了。"诗泉抬起头,竟然还微笑起来,真的像是很幸福地看着我。

都这个时候了诡异的个性一点都没变,我有点不好意思地佯装生气,"住口,好好休息不要再说话了,我用魔法帮你治疗。可是……可净化水都已经分完了,不靠它的话很难完全治疗好的啊……这怎么办……"

不知道什么时候已经恢复了一些体力的夏维也慢慢地挪到我身边,担心地说:"你的身体看上去已经有点负荷不了了,真的还可以吗?"

我连忙用温和的力量把夏维推开,"我不要紧的,你不要又靠近了,小心又再感染上。这个时候你应该好好躺几天不要乱动!"

"我才是不要紧的。"诗泉无所谓地说道,"您已经很累了,不可以再继续。而且明明还有别的病人排在我前面,这对他们来说不公平。"

我被诗泉几句话就劝服住了,是啊,不能因为诗泉是我的朋友就优先治疗他,这对其他的病人也不公平。可是……只是几天时间,什么时候我已经不知不觉把诗泉当成了我的朋友呢?

"你……再坚持一段时间,我一定会想办法救你的。"

"没有关系,这个病几天时间是死不了人的,但您一直接触病人,就算魔力再强也要小心。您可是水国人民的救星。"

诗泉说着话,也不像以前一样中气十足了,没说几句声音就越来越轻。这让我十分揪心,他可是为了我而被感染的。

我为了快点轮到救治诗泉,只是休息了一下又加紧地使用治愈法术,一个又一个的犯人从我的手下恢复了神采,同时胸前的时空之钻也闪烁得越来越急越来越微弱了。

这恐怕真的撑不到去救诗泉的那一刻了……

就在我最绝望的时候,有一双温暖有力的手覆盖到我的手上,制止了我继续施展治愈法术的动作。有点冰冷但同时让人放心的气息随之传来,我最熟悉的气息。

"小白!"

深邃俊美的脸庞就在几乎可以感受到呼吸的距离,近得可以看清对方一根一根长长的睫毛。我改不了的称谓又一次脱口而出,白尘简直像是已经习惯了这种叫法一样,不再一听到就皱起眉头。

"我带了更多净化水过来,这次会在这里一起治疗,你累了的话就去旁边休息。"

"我不累!"我连忙摇头,说完又怕自己真的就这样魔法耗尽被送回未来的时代,那不就玩完了,于是又补充说,"呃,其实有一点点累,我可以在你旁边帮一点小忙,那也是休息。"

白尘只是淡淡地看了我一眼，不再说话也没有拒绝，我就理所当然地围在他身边打转起来。

我现在仿佛突然可以理解那些犯人对着我叫圣女的心情，因为眼前的画面。

穿着金纹白袍子的白尘专注地握住病人的手，眼睑低垂，神情安详，周身像是镀了一层金色的光晕一样，魔法的气息随着他的吟唱流动着，像碧波粼粼的湖水一样。一切都像是神灵的圣像，比画像更加真实、更加震撼，让人舍不得移开眼睛。

我知道自己肯定没有白尘这么高贵神秘的气质，也没有这么美好的画面，可在他强大的气场散发开之后，也真的有想叫他天神的冲动。

"不要总是一直盯着我。"白尘在救治完一个病人之后，随口丢来了这么一句。

我吓了一跳，反驳说："呃？！你不是一直在专心救人吗？怎么知道我在看你。我，我没有。"

"夕音小姐，你看着大祭司的眼睛里喷出来的灼热视线几乎可以把他刺穿了，我这边都感觉到了，谁还感觉不到呢？"靠在不远处的诗泉在病重虚弱的时候还不忘调侃我，口气中又带着略微的不满。

我暗中狠狠地瞪了他一眼。

白尘没有再说什么，继续专心地治疗，不只夏维这个牢房，还有其他牢房被传染的病人，而我就一直寸步不离地跟在他身边。这可是我来到这个时空之后，第一次跟白尘在一块待这么长的时间，心里异常满足，可又贪心地觉得还远远不够。

不过病人也比想象中的更多，到处都是病痛的呻吟声，短短几天时间监狱已经有大半犯人被感染。白尘本来像冰封一样的脸色几乎看不出什么异样，除了比之前更显得苍白了几分，猜也知道他到现在应该挺累了。这么大程度的魔法消耗可不是闹着玩的。

感觉自己已经休息得差不多，我又开始跟着一起治疗起来。

这让我感觉我在和白尘一起并肩作战着，我们之间的一举一动，仍有别人无法企及的默契，不知道他能不能感觉到。

给诗泉喂下药，握着他的手施展治愈魔法的时候，他那双透亮的大眼睛一直在看着我，看得我尴尬不已。结束的时候我用湿毛巾擦着他满是薄汗的额头，然后用毛巾盖住那双漂亮的眼睛。

诗泉没有把毛巾拨开，依然躺着问我："小白就是他……夕音小姐是真的在喜欢蜜亚王国的大祭司吗？"

"嗯？"我愣了一下，又看了看不远处的白尘，不想去否认。

诗泉缓缓地说着："您将会是水国的大祭司，他却是蜜亚王国的大祭司，蜜亚王国欺压水国多年，是我们的敌人，两个国家的大祭司之间也是不允许发生恋情的。"

"说什么傻话，别说我本来就不想当什么大祭司了，就算我已经是大祭司，也没有人可以阻止我去喜欢上谁。"

我拍了拍诗泉的额头，没有把他的话当一回事，不以为然地去治疗其他病人了。

直到过了好一会儿，正在专心吟唱魔咒的我突然被一阵强烈的骚动吸引了注意力。

发生骚动的方向，犯人们都发出惊呼声躲到了一边，正好让我看清令我无比吃惊的景象。

不知道什么时候诗泉悄悄来到了白尘的身边，两个人打斗了起来。诗泉的手中有一把锋利明亮的短剑，像是不要命一样，一次一次地刺向白尘的要害部位。

"啊！诗泉你干什么！快住手！"

我拼命地跑过去想要制止诗泉，他要是敢伤害小白我不会放过他的。可是还没跑两步，就看到白尘轻而易举地将诗泉制服，用优雅无比的手势已经抢了那条短剑到自己的手中,并冷冰冰地对准诗泉的咽喉,下一秒就像是会刺进去一样。

我忘了白尘的实力有多么强了,他绝对不像魔法师一样只有强大的魔力,而肉体比普通人更脆弱,他的剑术也是堪称一流,他是无懈可击的白尘啊!

"别杀他!他不是坏人!"

白尘的眼神极其冰冷,那是他从小接受的训练,谁要是对他不利就会用全力反击,对谁也不会留情。但他还是没有进一步的举动,只是定在那里,冷冷地问:"谁派你来刺杀我的?为什么你身上还带着武器?"

诗泉带着明显的敌意盯着白尘:"反正我有理由要杀了你。"

"杀个头啦!"

我过去大力一把拍诗泉的后脑勺,他本来就身体虚弱站立不稳,被这么拍了一下整个人都差点趴了下去,两个人原本肃杀的气氛也被冲淡得不见踪影。

诗泉又委屈又恼羞成怒地回头问我:"您没事打我干什么啊?"

"爱添乱的家伙,生病不好好待着,脑子病糊涂了吗?还玩!赶紧去躺着!"

"我没有……"

"还说!快去!不然我可生气了!"

我眼睛猛地一瞪,用最大的威胁指数把诗泉接下来的话和所有气势都瞪了回去,他抿了一下嘴,再看了一眼还拿着短剑的白尘,没有再说话,带着一身阴沉离开了。

我心里也是乱糟糟的,不知道诗泉是在想什么。难道就是因为刚才的对话?因为他想要让我做水国的大祭司,我如果因为白尘而拒绝的话,他就要杀掉白尘?他可比我想象得更加死脑筋更加不可理喻,可是我又狠不下心来让白尘真的杀了他。

"大祭司!这个人刚可是在刺杀你!真的就这样放他走?!"白尘身边的士兵们都不解地问道。

"只是玩笑。你们继续工作。"白尘将短剑丢给了士兵,脸上还是冷冷的,就他知道那不是一场玩笑,可是他却没有再追究下去。

我惴惴地跟白尘道歉:"对不起……我不知道他是为什么……"

"他是因为你吗?"白尘打断了我的话,淡然地问,却不太像是在问问题,而是只是在说一件事实。

"呃?!"我傻了一下,也不知道要怎么说,好像怎么说都瞒不住白尘一样,索性就说,"我不知道……但很谢谢你放过他。"

"是你救了他。如果还有下一次,我不会再这么轻易饶恕他。"

"是!保证没有下次!"我用力地点完头之后,又笑了起来,带着一点促侠地问白尘,"那你放过他,也是因为我吗?"

白尘不带感情地瞥了我一眼,就转头继续救治病人了。

调戏被不搭不理地带过去了呢!我嘿嘿地笑了下,也想回去做正事,转头刚一走就感觉脚一软,眼前一黑,天旋地转地倒了下去,彻底晕迷之前还听到有人在呼喊着我的名字……

—— 4 ——

我醒过来的时候已经在一个洁净的小房间里,窗户上仍然有着铁条,阳光暖暖地照耀进来,我认得出来这里是监狱的病房,却忘了自己为什么会躺在这里。

视线稍微一转我就看到了站在另一边的白尘,正在静静地注视着我。我想要坐起来,却发现自己头晕得厉害,浑身根本没什么力气,挣扎了一会儿又躺了回去。

白尘只是看着我,也没有扶一把的意思,他在最初就是这样看上去不近人情的。

我摸了摸自己的脸颊,温度挺正常的,疑惑地问:"我是怎么了……也染上黑血症了吗?可我应该不会被传染的才对。"

"不是传染,你只是太过疲累,体力透支。你不应该这样死撑。"

"呼,不是染病就好,不然又得让你花力气来救我了。"我轻轻吐了口气,轻松下来就发现自己真的是浑身疲软。

"饿吗?"

"嗯?你怎么知道的?"我不但饿,还饿得厉害,简直前胸贴后背。

白尘向我走来,手里竟然端着一碗蔬菜肉粒浓汤。他坐到床边说:"你晕睡了快两天了。"

"快两天?!啊,怎么会这么夸张,我也没觉得有那么累啊……"我突然想起来重点,眼睛都瞪圆了,"那你是一直就在这里吗?不然怎么会一醒来就看到你!"

"我暂时没有事,就在这里了。"

白尘轻描淡写地说着,可是我知道他神殿里的事物有多繁重,葵理和朱夜也不可能轻易放过他,怎么可能真的没有事。

"你骗人,你是担心我所以才留在这里吧,看上去都没有休息好……"

"不要多说了,吃东西。"

白尘为了堵住我的嘴,递上蔬菜肉粒浓汤,手心里突然燃出了橙红的火焰,没一会儿,浓汤就开始冒出热气,变得香气四溢,让我只是闻着味道几乎就流下口水来。

我的吸引力立马被转走,努力地撑坐起来,想要伸手去接住大碗,可是两只手颤颤的没什么力气,连端碗都端不稳,几乎就要打翻在被子上。

白尘默不作声地又把碗拿了回去，然后像是犹豫了一下，最后还是用勺子搅了搅浓汤，舀起了一勺伸过来。

我看着白尘抬在半空的手，他这是在喂我吃东西？！这是我的幻觉吗？

我脑子当即不能动弹，白尘也一直端坐着维持着要喂汤的姿势不动弹，不出声也不催促我，可能连他自己都觉得这个举动太过奇怪吧……

半天我们两个人就像是雕塑一样地大眼对小眼。

就在白尘想要收回手的第一秒，我眼明手快地"啊呜"一声一口叼住了那个勺子。

勺子里的浓汤已经微凉，但味道还是无比香醇，浓度和咸淡对我这个许久未进食的人来说刚刚好，吃下第一口我就忍不住眯起眼睛，发出满足的咕哝声。

白尘还是僵在那里，我就张开嘴示意还想吃。他已经喂了第一口，也只好再继续下去。

我的心里乐开了花，竟然真的拐到冰山武装的小白喂我吃东西了，这可是很大的突破，对他来说太不容易了。我就知道他是关心我、没办法丢下我不管的。

我故意吃得慢一点，享受着难得跟白尘两个人单独相处的甜美时光，可没吃几口就用眼角余光瞄到了门口站着的诗泉，他绷着一张脸，神情有一点不满。

我也顾不上吃了，惊讶地问他："你在那里干吗？士兵怎么会让你进来的？"

"是他让士兵放行的。"诗泉扫了一眼白尘，连大祭司都不愿意叫，还是一副愤愤的神情，走进房间里来。

"生病了不躺着乱跑什么……"我埋怨着诗泉不好好休息，心里却是在埋怨好好的二人时光又被插上一脚。

"病已经好了,在您晕睡的时间,整个监狱里的病人都治好了,不用再担心。"

"哦……那就好,但你还是应该休息啊,来这里做什么?"

"我来照顾您,而且怕他对您不轨,我来保护您。"

我庆幸自己刚才的汤都好好咽下去了,不然这个时候肯定要喷出来的。不轨?我没有对白尘不轨就不错了,不知道诗泉的脑瓜里都在想些什么。

"你不要胡扯好不好!我要你保护什么!"

我偷偷瞄了瞄白尘,他听了这么离谱的话竟然还是一派的镇定,而且又开始了喂食的动作。

"让我来就好了!"

诗泉竟然想要去抢白尘手上的碗,而且白尘也没有回避,就这样直直地把碗交给了他。

对着诗泉小心盛好汤的勺子,我在心里翻白眼,只好说:"我不饿了。"

"您不吃东西可不行,一定要保重身体!"

我还想推托,却看到站在一边的白尘正盯着诗泉看,审视的目光像是可以看穿他一样。

"小白,你怎么了……"

"诗泉,你是水国人吧,水国会训练专门为神殿服务的神仆,出生起就会在右耳的耳朵打三个耳洞。"

"你怎么会知道这件事?"诗泉惊慌地用紫色的长发掩盖住耳洞,随后发现自己的行为根本就是此地无银三百两,有点手足无措起来。

"水国的神仆从小被培养成为品性高洁、能力出众的人,为什么会在蜜亚王国的监狱里?而且,为什么会用敬语尊称莫夕音。"白尘的视

线转向我,"所以,你和水国的神殿又有什么关系?"

这时候轮到我傻眼了,在他的目视下,感觉自己百口莫辩:"什么关系都没有啊……是他非要这样叫我的。"

"这跟夕音小姐一点关系都没有,你不要牵扯上她!"诗泉也有些惊慌地辩解。

"如果是水国神殿的人潜伏在蜜亚王国,这件事情就没有那么简单。"白尘的脸色变得有些阴沉,想要转身出门。

我暗叫糟糕,一旦白尘出了这道门,我们会被怎么处置就可想而知了,这事如果不解释清楚,我和他好不容易拉近的一点距离也白费了!

我还没来得及阻止,诗泉竟然对着白尘飞扑过去,看上去是想要狠狠扣住白尘的咽喉。

白尘轻松地闪避开,可是诗泉的动作也很快,密不透风地对他展开进攻,他一旦真的动起手来,竟然一时半会儿没有落下风,看得我替两边都着急不已。

我念起定身魔法咒,一道白色的光芒卷住了诗泉,让他不能再动。

"夕音小姐!"诗泉着急地大叫一起,"不能这样就放他走!"

"你真的以为能制得住小白吗?是他没有还手!"

我叫了一声之后,突然觉得有点不妙,胸口有一块皮肤突然开始阵阵地发烫。

情不自禁地用手抚上那块皮肤,碰触到的是坚硬但发热的物体。

时空之钻!我这个时候才想起来脖子上挂的时空之钻,低下头一看,钻石的光芒忽而强烈忽而微弱,变得非常不稳定,让我直觉很不妙。

"怎么了?"白尘也发现了异状,停下了想要出门的动作。

"完了……魔法耗光了,完了……我这个大笨蛋……"我的声音已经染上了哭腔,害怕地握住钻石,希望它可以稳定下来,可是光芒变得越来越乱,也越来越微弱。我最担心的事就要发生了……

白尘神色凝重地向我走过来,我抬头看向他的时候眼泪已经克制不住地滑落下来。

"小白,我不想走,哪怕是死也想要死在你的身边。小白……"

"是时空之钻?我用魔法维持住它。"白尘看到我慌乱的神情,竟然也有一点在意地紧张起来。

"没用的,别人的魔法是没用的……"我握着钻石,感觉自己的身体变得轻飘飘的,眼泪越掉越急,停不下来。

"夕音小姐!你怎么了?!你不能离开!"被定身魔法定住的诗泉也在一边叫喊着。

"对,别走。"

白尘突然这样低低地说着,可是每一个字都像烙印一样烙在我的心里,火一样地在烧着。他舍不得我走……

我不顾疲软的身体拼命地从床上撑坐起来,跳下了床,脚一软,同时往前面跌去,刚好跌进了一个宽阔而又温暖的怀抱里。

白尘的气息包裹住我,让我一阵一阵地晕眩,抬起头看他的时候,觉得那俊美无双的脸似乎都变得虚无起来。

心像是被割碎一样地痛,我不知道自己还能不能再次回来,机会实在太渺茫。如果这真的是我生命中最后见到白尘……

我踮起脚尖,用手勾住白尘的颈项让他低下头,在他错愕的时候,深深地吻住了他……

内心的痛苦和绝望是不是能通过我们的双唇,一直传递到白尘的心底去?我想要他记住我,变成他永远也不能抹消的记忆,这是任性又自私的想法,可也是我没办法抑制自己的感情,已经忍耐太久了。

白尘没有推开我,也许是因为太过意外,也许是出于同情?也许是想推开但已经没办法推开。

我看到自己环住白尘颈部的手臂越得越来越透明,发出迷蒙的光

芒，直到蔓延全身。

身体变得越来越轻，在魔法光线的折射下，就像是花瓣雨一样碎成一片一片，带着柔和的光芒慢慢散开，直到消失，其中还有我透明的眼泪。

"小白，我永远爱你……"

我说完最后一句话，在白尘的怀抱里感觉到他最后一丝体温，看着他最后复杂的眼神，然后眼前的视线变得一片模糊，直到全部变黑，我沉沉地失去了意识。

梦里又回到了第一次穿越时跟白尘见面的时光，他像是来自冰山的少年，傲然独立，满身清冷的光华，回头望向我的时候目光如电一样直击我的心灵。

第四章
THE FOURTH CHAPTER

千年以后

　　家里的一切都是熟悉又亲切的,我本来应该觉得放心,可是心里却还是空荡荡的,永远少了一些什么。我像是什么都没发生过一样,吃饭,喝水,跟朋友见面聊天,消耗过度的魔法也在慢慢恢复,只是时空之钻已经碎裂,再也找不回来了。

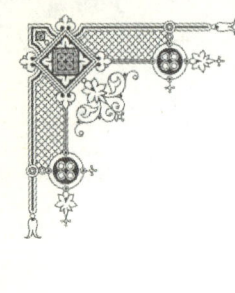

—— 1 ——

"夕音,夕音!快醒醒!"

我漫无边际的梦境被这样的呼声打扰着,慢慢消散,感觉就像是过去了一辈子那样的漫长时间,我很久没听到有人这样叫我了。

我总算睁开了眼睛。

眼前那个亚麻色头发、唇角一丝淡笑的美青年,就是我的哥哥,莫皓离。

还是像以前一样帅气完美,他的双眼紧闭着,坐在床旁的软椅上。

"哥哥?我是做梦了吗?你怎么会在这里……"

"你是从梦里清醒了,回到家了。"哥哥温柔地安抚着我,将手放在我的头顶,"欢迎回家,但时间比我想象中更快,是发生了什么事让你魔法耗尽了吗?"

"皓离……"我呆呆地看着他,"你的眼睛……好了吗?"

我的哥哥,是个先知。换句话说,他是那种可以预测未来的人。

在我们整个家族中,也没有出现几个这样的人,他虽然不能使用魔法,却是真正的天纵之才。

他的双眼从出生就什么也看不到,然而因为他有着通天之眼的魔力,所以有没有眼睛根本无关紧要,只要他愿意,能看到的东西比我们普通人还要多,完全不成问题。

然而,他为了我,为了让我找到白尘,却将自己的魔力,变作一颗时空之钻给了我,自己也变成了真正的瞎子。

"我的眼睛什么时候好过啊。"他笑了笑,故意在我着急的时候才缓缓回答,"时空之钻碎掉了,你回到这边,我的魔力也回来了。"说着,他拿起手边的茶杯,自然地喝了一口。

原来如此……

我安静了一会儿,发生的事像潮水一般在脑海中,这让我一下子从床上弹了起来。

"哥哥!对不起……但是快帮我回去!我还没有跟小白好好说过一次话,我不想就这样回来,哥哥,帮帮我!"

"夕音,冷静点。"哥哥拦住我的动作,"你知道时空之钻只能用一次的,魔法耗尽就不能再使用了。你当初说只要再见白尘一面就好了,现在已经见过白尘了,愿望已经达成,不要再沉溺在过去了!"

"不,一定还有办法的,我根本就不甘心这样回来。"

想到白尘最后的神情我心如刀绞,他绝对不是对我没有一丝感情的,那表情似乎在告诉我冰山的外壳已经有了一丝松动,在为我融化,可是我却只能在这个时候离开他。

"清醒一点,你还想做什么?想和他在一起吗?他已经因为爱你而丢了一次性命,你想要再重蹈覆辙吗?"

哥哥用不大的力道摇着我,温和的声音像一记一记重锤敲在我的心里。

我的确迷失了,忘了初衷,本来企求的只是再看看白尘就好,可是看到他就忍不住期盼得到更多。我忍受不了跟他形同陌路,可是却也害怕再次发生梦境中的事件。

眼泪像是关不住闸一样地滚落,我扑进哥哥的怀中,像是透不过气来般轻微地颤抖着,呜咽地叫喊着:"我不知道该怎么办,哥哥,我真的不知道该怎么办,这样比死还要难过,我不想再也看不到小白,我没办法这样活下去。"

"夕音……"哥哥发出低沉的叹息,手轻柔地抚着我的头发,声音里也有着浓浓的悲伤,"也许是我错了,当初就不该看你痛苦的样子而心软,帮你穿越时空,让你现在更加痛苦。"

"小白……小白……我想再见到小白……"

我能听到哥哥说的话,却已经到达不了心里,只能拼命地流着眼泪,在嘴里不停地呢喃着白尘,颤抖得越来越厉害。

"夕音?夕音?!你怎么了?"

哥哥发现我的不对劲,轻轻拍着我的脸颊,而我却感觉不到任何触感,像是心灵被掏空了一样,眼前的世界都变成白茫茫的一片。

"夕音,别吓哥哥,就算你这样也无济于事,时空之钻用了就是没用了,你必须坚强起来。白尘会有自己的人生,你也要有自己的人生。"

我自己的人生?没有白尘的人生我真的可以一个人面对吗?可是我已经问不出口,这个时候除了颤抖什么都做不到。

哥哥最后不得不用安眠药让我平静下来,停止了颤抖,也没有了任何力气和喜怒哀乐,我像是空壳子一样躺回到床上。

就这样过去了两天。

后来哥哥已经没有再让我用药,我平静地度过了两天,像是什么都没发生过一样,吃饭,喝水,跟朋友见面聊天,消耗过度的魔法也在慢慢恢复,只是时空之钻已经碎裂,再也找不回来了。

家里的一切都是熟悉又亲切的,我本来应该觉得放心,可是心里却还是空荡荡的,永远少了一些什么。

我已经努力照常生活着,却没有让哥哥放下心来,他总是很担忧地盯紧我,直到两天过去。

"夕音?你想做什么?"哥哥突然这样问我。

"嗯?我没有想做什么。"我慢慢地回答。

"是的，你什么都没想做，甚至连活下去也不想了是吗？"

哥哥的话让我大吃一惊，我连忙反驳："怎么会，我没有那么傻，没有这样想过。"

"也许你没有这样想，或是没意识到自己有这样想，可是你知不知道自己的眼神已经完全表达出了这个想法。脸上在笑着，眼睛里却没有一点笑意，我不想看到自己的妹妹变成一个会行走的人偶！"

我沉默下来，连反驳的力气都没有了。

"夕音，你真的不能彻底忘记过去吗？"

我摇了摇头。

"皓离，你有没有想过，这就是命运呢？"我看着他，缓缓说着，"我梦见他，我曾经在他的时空见到他，我们相恋然后目睹他死去，所以我又再一次去了那个时空，想要改变，然后，与更多人的相遇，我救了很多病人，让他们活了下去……这些并不是没有意义的，不是吗？也许冥冥之中是什么牵引着，让我一次又一次出现在那里。"

皓离静静地听我说完，看到我的眼神中写满了悲哀，或者说，那是哀伤而怜悯的眼神。

他突然说："夕音，也许我能想办法让你再去到白尘的时空。"

我迷茫地抬起头，突然发现自己脑子有点转不过来。

"我会再做出时空之钻，让你去那个时空。"

"时空之钻不是独一无二的吗？"说到这里，我又有些犹豫了，时空之钻是哥哥所有魔力的凝聚，上一次他交给我的时候，他失去魔力，成为一个看不见的普通人。

这一瞬间，我又真的恨透了自己的任性。

我到底还要从哥哥这里夺走多少次他重要的东西才罢休呢？

"皓离，我……"

"不用再说了。"他摇头。

那之后，我没有再看到皓离，就这样时间过去了一个月。

这一个月，我一直在睡觉，通过睡眠补充自己耗光的魔力，在这个时代，因为科技太过发达，环境破坏也厉害，所以空气中并没有什么魔力可以补充，只能靠自己身体慢慢恢复。

像是算好的一般，在我彻底恢复魔力的那天，皓离又再次出现在我的面前。

他还是老样子。

唇边勾着一丝漫不经心的笑意，掌心中有一颗鲜红的钻石，散发出夺目的光芒。

"好了，你去吧。"他简单说着。

我非常困惑地看着他，不懂为什么明明还在反对的他，现在会这样轻描淡写地给我钻石。

"可是给了我，你的能力……"

"时空之钻虽然破碎，但修复一下，就还能再用上一段时间。"他显然已经看不见了，手在空气之中摸索一番，才找到了我，将钻石放在我的手上。

"等下次，钻石再次破坏，你回到这里，我的魔力还会恢复的。"他微笑说道，"所以，根本不用你担心我。"

"可是……"

"夕音，你说得没错，也许是命运。命运给了我这样的力量，命运让你和白尘相遇，然后，或许也是命运引导着我，带你去那个时代。"他微笑中仍然带着一丝温柔和悲怜，声音也变得更加低沉了，"夕音，在你回来之后，我恢复了魔力，所以预见了你的未来……我想要保护你，让你幸福，才想阻止你再回到过去，可是……也许我错了。"

在他背后的莲池，整个池面蒸腾着颜色变幻的瘴气，反而显得绚丽无比。

他逆光站着，低声说："这是命运的力量，是我改变不了的。"

他的声音充满了爱怜和无奈。那是看透了过去未来之后，充满神性的声音。

然后，他推了我。

"你记住，这真的是最后一次机会了，你要好好把握。"

整个莲池都像是沸腾一样地开始滚动，池边的蜡烛也一根又一根地点燃。

我最后看了哥哥一眼，流下眼泪，然后闭上眼睛，跌进了池水里。

和上次的感觉一模一样。

只有在最初跌进池子里的时候感觉到了有水拍打在身上，随后很快四周就变得一片虚无，然后是各种迷乱扭曲的景物，无比诡异，稍微一走神就会被夺去心志。

我让自己的心里和脑中都只剩下白尘，不被任何眼花缭乱的光影干扰，然后就感觉本来轻得像是没有存在感的身体恢复了重量，整个人突然往下急速地下坠。

"哗啦——"

我从魔法之池掉进了另一汪池水之中，这次是货真价实的水，而且带着舒适的热气，让我措手不及。

我是掉进温泉里了？也不知道水有多深，旁边有没有人，我不会游泳啊，要是一掉下来就淹死岂不是太冤枉了？我一边胡思乱想一边拼命地挣扎了起来。

在水中乱抓的手碰到了一个温热柔软的物体，我就像是抓住救命稻草一样使劲地抓着不放，借着力量往上攀，猛地一抱，整个头部才跃出水面，大口地呼吸起来。

"呼……呼……"我抱着温热的"救命稻草"好一会儿，才终于看清眼前的景物。

白白的一片，嗯，好像有哪里不对，那，那是……

如果我没看错的话，眼前的不是什么软柱子，而是平坦结实、肌理分明的男性的胸膛。

我浑身湿透，正紧紧抱在一个赤裸的男性身上，近得可以感受到对方的呼吸。

僵硬地抬起头之后，我看到了日思夜想的白尘的脸。

—— 2 ——

"啊啊啊啊！"

一下子接收的信息量太大，我被冲击得情不自禁想向后退，手臂一松开整个人向后仰去的时候才想起自己是在水中，白尘竟然没有伸出援手，任由我直直地向后仰着跌进水里。

为什么，每次来到这个时代，时间和地点都这么猛啊！

上次是破坏祭典差点被杀。

这次是……是白尘洗澡……

我呛了几口水又挣扎了起来，习惯性地再次扑向白尘，抓住他后我终于冷静了下来。

这不是温泉，是在室内，装饰得非常明亮清幽的大房间，我和白尘都在房间正中的巨大浴池里，有着熟悉的装饰。

只要我稍微镇定下来就能发现池水只没过了我的胸部，脚完全可以踩了在地面上，而白尘现在却仍未着片缕被我紧紧抱着，脸上全是玩味的表情。

"我……我……"

我再一次松开了手，退开了一小步站住了。我这时候的脸肯定比番茄还要红,被滚烫的蒸气一蒸更是烫得快要冒烟。

白尘会怎么看我啊,光天化日强行闯入浴室偷看男性洗澡,并大吃豆腐的猥琐女吗?

"你回来了?我没想到你还可以再回来。"白尘平静地这样对我说着。

听他这么冷静,反而让我更加窘迫,低下头都不好意思对上视线,"嗯……我回来了,但不知道为什么会出现在这里……只是巧合……我不是故意的,真的……"

我一个劲的解释,觉得自己越抹越黑,像是此地无银三百两。

"大祭司!发生了什么事?!"

突然一阵脚步声传来,随后有士兵叫喊着突然闯了进来,打断了我更尴尬到死的气氛。

一定是我的出现闹了太大的动静,让门外把守的士兵都听到了。他们一进来就看到了我,脸上写满了震惊,立马冲过来想要捞起我。

"是刺客!"

"保护大祭司!"

"你快出来!"

每次出场都会被当做坏人的我也无力了,只能往浴池中间躲,还是被士兵们揪住了,被湿淋淋地拖出浴池。

我以前不会反抗,现在也不会反抗,只是看着白尘,他会想要把我再送进监狱吗?或是按照惯例,抓到刺客就地处死。

白尘一直没说话,士兵的长剑已经高高地抬起,就要对着我刺下来,却被无形的力量"啪"的一声弹开,摔到光洁的石地板上发出清脆的声音。

白尘在这个时候终于出声:"谁让你们进来的,我并没有叫过。出去。"

"可是大祭司,您的浴室我们都检查过了不可能会有外人,这个来历不明的女人极有可能是别国派来的刺客!"

"出去。"

白尘只冷冰冰地丢下这两个字,所有士兵再也不敢多说一个字,全都默默地拿着武器退了出去。

"哗啦"一声,浴池里发出的声音,白尘竟然直直地站了起来。

他就这么笔直挺拔地站在浴池当中,没穿衣服,肌肉线条结实漂亮,比任何雕像都来得完美和吸引人,我情不自禁看得移不开眼睛。

他不只是站起来了,还开始移动了,想走出浴池。想到他浑身赤裸,我脸红了一下还是扭过了头去。向来包得里三层外三层,还曾经被我抱怨过好身材全部掩盖的小白,什么时候作风也变得这么大胆了?

听到带着水声的脚步声响在石地板上,离我越来越近,让我心里麻麻的。白尘就这样走到我身边。

我浑身不自在,不敢看,又在心里偷偷地想看,扭着头说:"谢谢你没有让士兵杀我,我真的不是刺客……"

我正在说着,手被突然拉住了,随后一用力就被转过身,带到了白尘的身前,像刚刚那样暧昧与危险的距离。

我几乎想要尖叫,用力地闭上了眼睛。

半天没有任何动静,没有人说话,没有人有动作,我知道白尘还没有离开,他一直就在我的身前,但他是在做什么?

最后我还是沉不住气认输一样地小心睁开了眼,白尘果然站着看我,身上肌理漂亮的线条和皮肤闪得我脸红心跳,我又小心翼翼地往下看了看,他的腰部围着一条白色的大围巾,挡住了最重要的部位,让我松了口气,脸又情不自禁地更红了。

"你……你这样傻站着干吗……"

"莫夕音,你又回来了。曾经那样破碎地消失在我眼前,在半年之后，竟然回来了。这一次你又是为了什么而来?"

白尘的声音像美酒一样醇厚低沉，响在耳旁几乎让我醺醺欲醉，那语气里包含的感情虽然在极力掩饰着，却明显比半年前的陌路人一般的疏离强烈许多。

"小白……"我抬起头看他，想起了离别时的深吻，想起了更久之前我们的每一次接吻，眼睛里开始酸酸地发涩，"我这次来，跟上次的目的是一模一样的，从来没有变过。"

白尘的脸色一变，我还分析不出来他是什么表情的时候，他已经飞快地又切换回了原来的状态，只是眉头微皱，说："你本来还应该在监狱里的，但上次这样消失了，回来的话本来也应该再进监狱。"

"要是怕住监狱我就不费这么大的力气又回来了……嘿嘿，我才不怕呢，其实监狱我已经住得很习惯了。对了，那些犯人呢?病都好了吗?夏维呢?诗泉呢?他们又在哪里?"

"所有的犯人已经痊愈，夏维还在牢里，但已经没事了。诗泉……你走了之后第二天他也从牢房里消失，不知道是用什么方法逃走了。"

"逃走了?!"

诗泉的能力比我想象中的还要强一些，蜜亚王国的皇家监狱，他也是想来就来想走就走。看来他真的是冲着我才进监狱的……不知道现在怎么样了，我没有答应做水国的祭司，却害他也变成了越狱的逃犯。

"诗泉只是因为一些破坏公共财物的罪名被抓起来的，并不严重。他是水国神殿的神仆这件事，我并没有告诉任何人。"

"啊……谢谢……"

"为什么要为诗泉的事跟我说谢谢，难道你真的跟水国有牵连?"白尘的眸光一沉。

"不是啦，我来这个时空才多久的时间，你知道穿越时空不容易的，我能第二次来就已经是非常非常小的几率了，哪有时间跟水国有什么牵

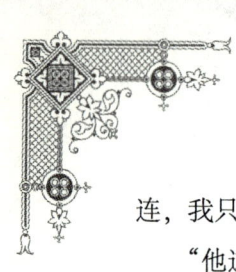

连,我只是把他当成我的朋友了……"

"他这么拼命地接近你,保护你,只是因为你们是认识了几天的朋友?"

白尘淡淡地这么问,敏锐得让我招架不住,根本不知道怎么回答好。

"啊啾——"

我打了一个喷嚏,才发现自己身上的热水已经凉了下来,现在已经是蜜亚王国的冬天,我浑身湿透站着跟白尘说了好一会儿的话,哪怕浴池已经调整了温度,这个时候身上还是感到了一阵阵的寒意。

白尘愣了一下,见我抱着臂默默地搓着胳膊,没有再说话,而是转身去衣架上拿了一件长外套,二话不说披到了我身上。

温暖包裹住了我,那原本是白尘的外套。我想起他也是身上只披了一条围巾,却像是完全不知道寒冷一样。

"你也穿上衣服吧,小心感冒了,这样春光乍现我也不知道眼睛该往哪里摆了。"

白尘似乎被我话里大胆的内容震了一下,难得露出惊讶的表情,让我内心窃喜了一阵,我就知道还是这一招最容易让一向无懈可击的他吃憋的。

白尘也默默地去屏风后面穿上了衣服,我披着他的外套在外面等着,竟然还有闲情逸致想吹几下口哨调戏下他。

嗯,不行,好不容易让他对我放下了点防备心,不可以太得意忘形。心里面的白尘攻略手册这样告诉我。

眼前突然一黑,我吓了一跳,还没等反应过来就感觉到头被揉了两下。原来是毛巾盖住了我的头,我拨开了毛巾去看白尘,他已经收回了手。穿好了外衣的白尘一身高贵凌然的气质。

头发湿答答的还一直在滴着水,我想自己现在一定非常狼狈,尤其在这样完美的他面前。

"你留在这里。"

"留在这里做什么？"

"外面太冷，我会叫侍女送女孩子的衣服过来。"

我笑了起来，点了点头，虽然看起来冷淡，但却有着很体贴的一面，这就是白尘。

白尘凉着一张脸走了出去，没一会儿果然有侍女送了干净柔软的衣物进来，等我换好之后带我一起走出了浴室。

我一出去就看到了还站在外面的白尘，也发现外面的天色已经非常暗了，浴池里的明亮让我有了还在白天的错觉。这么晚才沐浴的白尘，一定又是因为工作而延误了休息的时间。

"你在这里先住一晚上，有什么事明天再说。"

"啊……可以吗？"我知道白尘的住处从来不会留任何人的，也很不欢迎访客，只有为数不多必备的士兵和仆人。

"不然你要去哪里？现在连夜把你再关进监狱吗？"

"嘿嘿，千万不要。收留我在这里住一晚上吧，我保证会老老实实什么都不做的。"我吐了吐舌头，不去跟白尘讨论这个问题，心里却对他几次为我破例而暗爽得不行。

"注意休息。"白尘只留下这一句之后就转身离去。

"你也是啊！不要总这么晚睡觉！不要想着洗一个澡精神好点就可以继续工作了什么的，现在就去睡觉！啊，啊啾！"我忍不住对着他的背影嚷嚷起来，然后又打了一个喷嚏。

白尘回头看了我一眼，脸色还是没什么变化，只是眼睑轻轻一垂，又继续往前走了。

我叹了口气揉揉鼻子，又觉得自己亲昵得有些太明显了。

白尘的住处并不华丽，但很清幽雅致，我曾经在这里待过很长的时间，对这里的每一个房间每一个角落都非常熟悉，就像是到了自己家一

样，可是现在白尘已经不知道这件事了，让侍女一路领着我，一直到了客人的卧房。

躺在柔软干净的大床上，心里想着我和白尘再次住在同一屋檐下，这种幸福感就让我已经舍不得睡觉了。

没一会儿侍女又突然来敲门，竟然端来了热牛奶，里面泡着一些碧绿可爱的小叶子。

我闻了一下，那是有宁神和治愈感冒作用的草药，泡在牛奶里也不影响味觉，相反带来了舒服的草药香味。

白尘的身上也总是会有一股草药香，我就像是在他的怀抱中入眠一样，幸福的感觉充斥全身。

—— 3 ——

晚上的胡思乱想让我一直快到凌晨才迷迷糊糊睡着了，再醒过来的时候拉开窗帘一看，正午的阳光明媚地照耀在树叶和草地上。

我竟然一觉睡到大中午了！

问了侍女才知道白尘在书房里，打开厚重的雕花木门，宽敞的书房还是像我上次来时一样，摆满了各种书籍。魔法书占了大半，还有各种魔法道具和炼金器材，中间是巨大的水晶球，变幻流动着蜜亚王国各地的景象。

白尘就像我每一次见到他那样，站在窗边回过头看我，阳光透过玻璃洒在他的侧脸上，显得有点虚幻。

我不禁有些恍惚，就像是一下子回到了梦境中，我们还是快乐地生活在一起，没有变故，没有意外，白尘也从来没有离开过我。他会像从前一样对我微笑，叫着我"夕音"，拉住我的手，在我额头印下柔软的吻。

"坐吧。"

可是迎接我的只有这个充满磁性但是没有温度的声音。

我黯然地摇了摇头,白尘没有再勉强,从容地从旁边的书架抽出一本厚厚的书籍随手翻阅起来,那是他的习惯。

"上次没有时间问清,你怎么会从皇宫又被关进监狱,到底发生了什么?"

"我是没有听你的话,觉得无聊到处走动了一下,然后遇到了大王子……"

"大王子?"

"嗯。他让我帮忙传达给你,他的情况越来越糟,需要你的帮助。"

白尘听着,视线也是粘在书本上,表情没有一点变化。

我继续说:"明明是大王子,为什么会住在那么冷清偏僻的角落里,还被士兵把守着不能外出,那天晚上葵理和朱夜也像是专程去挑衅他的一样,硬要他去救夏维,好像是要害他染病。"

白尘终于抬起了眼:"要大王子去救夏维?他不会魔法。"

"是的啊。同样是皇族,他还是大王子,怎么会沦落到这种地步,所以才不得已向你求助吧。可是你是大祭司,听命于国王陛下,你……会帮他吗?"

白尘没有正面回答我的问题,而是问我:"所以你和夏维被一起关进监狱,是因为你帮助了大王子?"

"嗯……他看上去不像是坏人,我总不能白白看着他送死。而且……"我不以为然地撇撇嘴,"我也讨厌那对双子嚣张的样子,简直就是变态,不知道这种人怎么可以继承王位。"

"不要再说这种话。"白尘淡淡地制止了我,"你跟大王子只认识了这么一会儿,就愿意为他被关进监狱吗?真是冲动的女人。"

"我想你要是在的话,肯定也不会不管他的,不过一定会有比我更

聪明的办法。"我吐了一下舌头。

白尘又用复杂的眼神看了我一眼,突然说:"为什么你总是像见过我,很了解我的样子?"

"我们……我们没有见过……我是说你的名声这么响亮,万民敬仰,谁会不知道少年天才的大祭司白尘呢……"

"可是你说自己只来过这里两次,每一次穿越时空都是遇到我,为什么会有这种巧合?还有你第一次就叫我小白,又是从哪里知道并认出我的?"

想糊弄过白尘果然没那么容易,当然他不会知道,这不是我第二次来到这个时空,而是第三次。

我在梦中见到他,无意来到这个时空与他相遇,第一次,我们相爱了,最后却无法在一起。

为了改变那种悲伤的结局,我才用时空之钻,重新来到与他相遇之前。

这么复杂的故事该怎么告诉他呢?

真的说出来也没人会相信吧。

不过我随口瞎编的本事也不差,在他怀疑的视线中,想了想说道:"呃,其实,我们那里有魔法时空书,会记载每一个时空最著名的人物,你就在里面,不只有记载,还有画像,要知道,只要对魔法时空有研究的人,有不少都是你的仰慕者呢,所以我知道也没有什么奇怪的。"

白尘并没有对自己在别的时空也有仰慕者这件事沾沾自喜,还是轻皱着眉头说:"可为什么,我会有一种熟悉感……"

这时门外突然传来敲门声,打断了我们之间的谈话。有侍从的声音随之响起。

"大祭司,蓝叶祭司过来了,想要见见您。"

一听到蓝叶这个名字我浑身猛然一颤,直感到阵阵的寒意从脚底蹿起，简直让我坐立不安。

白尘注意到了我强烈的反应，有些不解，但还是若无其事地说："我刚已经说了今天不会客。"

"但是，蓝叶祭司已经过来了，随后就到……"

这个我更是差点就要弹起来了。

蓝叶！在这个时空我最痛恨，最愧疚，最害怕见到的人，她就是我一直以来的噩梦。

我知道自己总会再见到她的，可是没想到这么快，总不想面对这一天的到来。

我几乎是条件反射一样满屋子打转起来，到处找地方躲藏。本来想用魔法隐身，可是还有一丝理智告诉我蓝叶会察觉到魔法波动，这样更会引起她的警觉。

"你在做什么……"白尘对我热锅上的蚂蚁样颇为不解。

"那个，我害怕见生人，我先躲一阵，你当我不存在就好了！"

我不顾一切在白尘目瞪口呆的注视之中，一口气钻到了他书桌的底下，缩成了一团，心里格外地慌乱。

敲门声再一次响起，我的心更是发紧了起来，抱着膝盖咬牙。

"……进来吧。"

经过白尘的允许之后，房间的门被慢慢地打开，有脚步声传来。

一个温柔中带着明朗的声音响起，像是在说笑般的口气："大祭司，今天为什么不见客了？"

我猛地一抖。

白尘虽然不明白我的举动是为了什么，但没有拆穿我，他淡定地说："有别的事需要处理一下，你怎么过来了，是有什么要紧事？"

"事是有几件，但不算很要紧。最要紧的事是我听说大祭司为了工作已经几天几夜没吃好睡好了，这样很任性，不可以这样哦！为了蜜亚

王国的人民，我也要来监督大祭司你好好休息和吃饭。"

那么体贴亲切又让人无法抗拒的大姐姐腔调，一如我以前所熟悉的蓝叶，却让我浑身发寒地颤抖。她本来是那么好的人，对我也曾经无微不至地照顾着，只是我绝对也想不到，那么完美的女人骨子里也有残忍和疯狂的一面。

我害怕她。小白就是死在了她的手上，就在我的面前。理由是我们相爱了，白尘不再是不属于任何人的白尘。

她甚至以自己的灵魂作为代价，也要杀掉我。

蓝叶就是看起来温柔但性格比谁都坚决的人，所以我没办法恨她，但却害怕她。害怕自己再一次见到她，如果白尘真的爱上我，那一切都会回到过去的轨迹，蓝叶的性格也不会改变，会发生的事我根本无力阻止，只能看着悲剧再一次重演。

我的脑中被无数的杂念交织着，都没心思去听蓝叶和白尘的交谈，只是紧紧地抱着胳膊，指甲像是要嵌进肉里一样，不让自己发出一点声音。

"我来起草文件吧，你休息一下就好了。"

蓝叶这样说着，突然向书桌这边走过来，下半身的开衩长裙和两条修长的腿毫无预警地出现在我眼前，让我几乎惊叫出声。

我捂住了嘴巴，都不敢呼吸。就看到蓝叶坐到了椅子面前，如果她的脚稍微往前一点，马上就可以碰到我。

"先不要急着起草文件了，我研究了一个新的愈合法术，你帮我试一试效果。"

白尘突然对蓝叶这样说，我知道他是为了怕我暴露才在最紧张的关头帮忙引开蓝叶的注意力，但他都不知道我是为什么躲着蓝叶就维护我了吗？

不只我意外，蓝叶也很意外。

"你要我陪你研习新魔法吗?真是破天荒,大祭司终于也学会亲近别人依赖别人了?"

蓝叶的声音又惊又喜,听得我心里很不是滋味。她深爱着白尘,不知道等待了多少年,那份爱并不比我少,可也是这份爱把她逼得走向疯狂。

"起来吧。"白尘只是平淡地这样回应。

"嗯!"

蓝叶二话不说站了起来,虽然看不到她的脸,也知道此刻她有多愉悦。两条修长的腿终于离开书桌前和我的视线范围内。

我小小地松了一口气,心头压着的巨石却没有因此而松动,还是沉沉地让我几乎透不过气来。

现在还不是郁闷的时候,白尘虽然暂时帮我将蓝叶从书桌前叫走,但她随时可能会再过来,这里的空间太狭小很容易就会被发现。

我小心地探出脑袋,偷偷地看了看房间的景象。

白尘让蓝叶正背对着我这个方向,只看到蓝叶美丽如瀑布般的宝蓝色长发。白尘的手握住了蓝叶的手,白色的光芒从两人的手心之中柔和地散发出来,两个人此刻看起来就美丽得如同是画一般,让我心里有一点不是滋味。不过我让自己不要想太多,又去看了看房间的门,这个时候还是半开的。

必须要找到最好的时机离开房间,不然就来不及了。我不再犹豫,非常小心地小步挪出书桌,没有发出一点声音。眼神跟白尘刚好对上,他波澜不惊,我的心情却说不出来的复杂。

看了看白尘和蓝叶一眼,我瞄准门的方向,用最快最不会发出声音的方式跑了过去。

眼见就要顺利跑出门了,因太过紧张的关系胳膊还是撞到了门角一下,发出了"咯吱"的声音,吓得我差点咬到舌头。

"谁？！"蓝叶顿时警觉地转过头来，在她看到我之前我已经飞快地溜出门外。

"大祭司，有外人在偷听我们谈话？！"

蓝叶快步地追出门来，我听到背后的脚步声就头皮发麻，只能在走廊里找个最近的房间打开门钻了进去。

"没有外人。"

白尘从来不说谎的，为了我好像犹豫了片刻，还是这样回答了蓝叶。

"可是我的感觉不会有错的，刚刚就一直觉得好像有哪里不太对劲，也确实听到了门发出的声音。我感觉有人从房间里跑出去了。"

蓝叶一向是能力卓越的祭司，也比普通人更加敏锐。我躲在房间门后暗暗地咬牙。

"如果没猜错的话，那个人应该躲进了别的房间……"

听到蓝叶这么说，感觉到她已经往这边走来，我又慌了起来。

还没等我决定好躲在哪里，就已经见自己这边的房间门被猛地打开了，我刚好被卡在了门后的角落里。

—— 4 ——

"是谁，快出来！"蓝叶的声音带着一丝凌厉。

白尘透过门的缝隙中看了我一眼，没有拆我的台，但也不准备再帮忙解围的样子，只是事不关己一般地站在那里。

这个家伙，也不想想我这样东躲西藏的是为了谁啊！

蓝叶在房间里四处搜寻了起来，吓得我心脏乱跳，不停地给白尘使眼色，希望他能收到之后快救我。

不知道白尘是不是真的收到了我的眼色，终于开口说话："我说了这里没外人。"

"可是……"

"这里不会有我不能察觉而你能察觉的外人。"白尘打断了蓝叶的话，"出来。"

蓝叶有点犹豫地顿了一顿，最终她还是听白尘的话，往门外走去。

"可能是我太疑神疑鬼了，说得也是，要真的有入侵者你怎么可能会感觉不到。"

危机应该解除了，我这回才算是稍微放松下来……又忍不住在想自己如果继续留在白尘身边又能这样躲着蓝叶多久。

正在白尘和蓝叶要离开的时候，一个侍女突然过来行了个礼："大祭司，午餐已经准备好了。"

蓝叶闻言笑了笑："唉，我刚好也饿了，能在这里一起吃吗？"

白尘略点了点头。

蓝叶开心地笑起来："可以一起用餐吃得才开心嘛，小琳你说是不是？"

被蓝叶亲切称呼为小琳的侍女也受宠若惊地连忙点头："是啊是啊，蓝叶祭司也一起用餐的话更好了，可以跟昨晚的那位小姐聊天。"

白尘的眉头一皱，我的心脏也顿时停拍，小琳似乎发现了自己说了多余的话，捂住了嘴巴。

"昨晚的那位小姐？是哪位小姐？"蓝叶困惑地问白尘，"你这里从来不允许外人进出的，是什么小姐过来了？还留她住了一晚上？"

白尘冷淡地说："不关你的事。"

蓝叶愣了一下，像是不甘心一样眼睛不自觉地四处查探，突然转到门缝这边跟我视线对上的时候，我大吃了一惊。

想要后退几步可是已经来不及，几乎是同一时间蓝叶已经发动了攻击，魔力化成的许多把细薄利刃对准我这边直直地刺过来，马上就可以

穿透门板刺中我。

我还不知道要不要用魔法防御的时候,那许多把魔法刃已经被挥到了一边,刺进了门边的地板上,石地板随之发出了碎裂的声响。

是白尘帮我挡开了攻击,可是蓝叶已经发现了我,震惊地看了白尘一眼之后跑到门边上一把将挡住我的门拉开。

我瞪圆了眼睛,傻在原地,没想到再一次跟蓝叶碰面是这样的状况。

蓝叶还是绝色的大美女,宝蓝色微卷的长发,同色系的眼眸就像是明贵的蓝宝石一样,有着纤长的睫毛和小巧的红唇,像是工艺品般精致的瓜子脸,身材凹凸有致,整个人犹如美丽的精灵女王。

我曾经也对这样美丽的女孩子仰慕不已,可现在她却是让我从心里打寒战的对象。这样出人意料的碰面,让我脑子里一片空白,几乎就要坐到地上。

"你是谁?!为什么会躲在这里?!"蓝叶带着怒气质问了一声,伸手又想施展魔法。

"住手。"白尘出声制止了蓝叶的举动。

"她到底是谁?!"蓝叶的神情带着一些委屈,似乎不明白白尘怎么会因为一个陌生人而瞒着她。

我心里觉得大大的不妙,绝对不能再重蹈覆辙,让蓝叶为了我和白尘的关系而丧失理智。这一次我必须在她面前尽量降低存在感,不让她觉得受到威胁。虽然我们已经有了一个最不好的开始……

"对,对不起……我,我是上次穿越时空被抓起来的那个罪犯……没想到又会再一次来到这个时空,没想到会到大祭司的住所……对不起,我真的不是故意的,求两位祭司饶命……"

我故意表现得唯唯诺诺,死命地低着头,让自己显得平庸无趣,希望可以打消蓝叶的敌意。

"上次穿越时空的罪犯?就是你?你怎么会这么巧又跟白尘碰面,

到底有什么企图？！"

"真的没有，真的没有，穿越的地点不是我可以控制的，对不起，我可以马上离这里远远的……"

我拼命地摇头摆手，弄出一副快要哭出来的样子。眼睛偷偷地瞄了一下白尘，他应该挺纳闷我怎么会突然变成这个样子，但脸上却还是不动声色。

"想离得远远的恐怕没这么容易。"蓝叶说着也看了一下白尘，"如果你真的是上次穿越时空来的莫夕音，突然消失可给我们造成了不少困扰，国王陛下四处搜寻了你很久，想要再见你一面呢！"

"我怎么敢去见国王陛下……"

"你敢第二次又来到蜜亚王国，怎么会不敢见国王陛下？既然已经过来了，我必须带你去见他。"

白尘沉沉地说："蓝叶，莫夕音由我处理就可以了。"

"你要怎么处理？上次闹了这么大的风波，你明明知道国王陛下对你有戒心……"蓝叶说着停了一下，小琳很知趣地立马退下，她又继续说道，"国王陛下不喜欢你太多事情都自作主张，这次不要再让他更防备你了。莫夕音由我带去见国王。"

"我不允许。"

"你不允许？"蓝叶惊讶地看着白尘，"她不过是一个陌生人……你……"

"我想见国王陛下！"

我一出声让白尘和蓝叶都看向我这边。此刻我只是希望减少蓝叶和白尘的冲突，一切都顺着蓝叶的意思去做，虽然不知道这个样子有没有作用，可是她想要杀掉我们的画面太有冲击力，我一辈子也无法忘记，我不想再有一丝可能导致这个画面再次上演。

"莫夕音，你为什么想见国王？"白尘直直地看着我。

我脑子飞快地打转着，说："我想国王应该会赏识我的能力，既然已经来到这个时空，当然是想要结识权力最大地位最高的人啊，国王一定可以满足我许多愿望的，我当然想要见他。"

"……"

白尘陷入沉默……蓝叶倒是轻轻地哼笑了一声。

"我劝你不要抱太多期待，多留一点心眼。但国王陛下下令要带你去见他的话，我是不可以违令的。"蓝叶的敌意收回去了一些，甚至还生出了一些善意来提醒我。我不得不暗中感慨自己这一步是走对了。

"谢谢你，我知道了。"

白尘皱眉对我说："莫夕音，如果你这次进皇宫，很有可能再也出不来。"

我知道白尘不会毫无根据乱说的，他既然这样对我说，肯定是了解了状况。可是这种情形之下，我没有别的办法。

"我知道……一辈子待在皇宫才好呢……"我小声地嘟囔着，"别人想进皇宫都进不了。"

"那现在就走吧，我想国王也迫不及待地想要见到你了。"

蓝叶想要过来拉起我的手，我却想也不想地往后退了几步避开，让她和白尘都一怔。

"为什么你总是很害怕我的样子？"

我虽然一直低着头，却能感觉到蓝叶打量着我的视线，让我头皮发麻。

"我没有，大概是祭司的威严吧……"

"要说威严，我们的大祭司可威严多了呢，你岂不是该更怕他？"蓝叶笑了一下，没有深究，"我们走吧，我的马车就在外面。"

"等等。"白尘突然说了一声。

蓝叶回过头问："什么事？"

"我一起去。"

"不要你去!"我抢先回答,只为了在蓝叶面前和白尘少一些接触。

"莫夕音……"白尘沉声叫我的名字,似已耐心全无。

"我们快走吧。"我加紧脚步往门外走去,头也不回,也不知道蓝叶和白尘最后说了什么。

本来以为回来后能跟白尘好好见上一面好好说说话的,没想到蓝叶这么快就杀过来了,我又要再一次见到那两个变态的双子,心情变得格外郁闷。

最郁闷的是,我得跟蓝叶两个人单独坐着马车去宫殿。一路上只能大眼瞪小眼,不知道要说什么。我更是连头都不太敢抬。

唉……不会有比我更倒霉的人了吧。

"白尘好像挺喜欢你的,他从来没跟外人这样亲近过。刚才还告诉我,这里没有外人。"

沉默了许久之后,蓝叶说出来的第一句话就是这个,害我差点被口水呛到。

"哪有,没有……"

我扭过头不再说话,在蓝叶面前只会多说多错。

想起很久以前,或许没有那么久……那时候我跟蓝叶一起晒着暖融融的太阳,坐在草地上,吃着芳香柔软的覆盆子蛋糕,她用雪白柔软的手体贴地替我抹掉脸上的奶油,突然温柔地微笑着问过我类似的问题。

我则幸福地眯起眼睛大声地说:"嗯,小白他一定最喜欢我了!像我喜欢他那样地喜欢!"

那时候的我太过于沉浸在自己的世界中,满心都是幸福洋溢,所以没有感觉到来自背脊的寒意,那是带着最深切的恨意的目光。现在我已经经历过一切,变得敏感了,这个时候就像是惊弓之鸟一样,觉得周身都是冰做的刺。

蓝叶没有再说话，除着飞行马车的一路疾驶，我们很安静也很快就到了目的地，徐徐从半空中降落下来。

走出马车就看到了庞大的蜜亚王宫的宫殿。第一次看到这座城堡的时候觉得它无比壮丽奢华，像是美丽的人间仙境，可是现在却只觉得看到了一个张牙舞爪的庞然巨兽一样。它的心脏位置住着我最不想见到的两个人，外壳所有的华丽装饰都是怪兽的狰狞鳞片。这个怪兽像是随时都会把我吞没，撕成碎片。

我走在通向王宫大门的道路上，让自己心中的意念和勇气化成长剑，一步一步地走向怪兽，迎击它，并打倒它。

最重要的是，我的心中还有对白尘深深的爱，那就是我最坚固的盾牌，没有人可以击碎它。

第五章
THE FIFTH CHAPTER
囚笼之鸟

千羽凌是我见过史上最落魄的王子,就像葵理和朱夜俩兄弟的玩偶。

一个人被囚在偏僻冰冷的石屋里,没有仆人的照顾,生活补给品都很缺乏,甚至经常连吃的东西都没有。

但是他的笑容却一直挂在脸上,看上去还有些玩世不恭的洒脱。

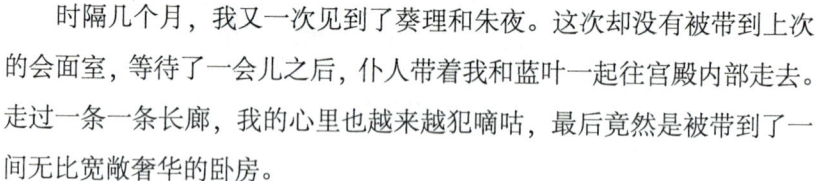

时隔几个月，我又一次见到了葵理和朱夜。这次却没有被带到上次的会面室，等待了一会儿之后，仆人带着我和蓝叶一起往宫殿内部走去。走过一条一条长廊，我的心里也越来越犯嘀咕，最后竟然是被带到了一间无比宽敞奢华的卧房。

卧房里面挂着繁复厚重的魔纹幔帐，挡住了几乎有我半个房间大的天鹅绒大床，透着神秘而妖娆的气息，不知道里面的景象。

我想起上次和这对变态双胞胎碰面的情形，直觉是不想跟他们碰面，也压根不想知道床上躺着的是谁。可是仆人做一个手势请我上前，我只能暗暗翻了个白眼走上前去。

清雅的熏香味道从床幔中幽幽传出，我一直站到了大床前，等仆人拉开了那重重幔帐，见到了坐在床边的朱夜，然后才看到了里面躺着的人——那一头灿烂如朝阳般的金发，纯净琥珀般的蜜色眼眸，果然不出所料是葵理，可是更大出我意料之外的是他的衰弱程度。

他半眯着眼睛，看起来像是很勉强地在支撑着，有着重重的黑眼圈，脸也变得一片蜡黄，嘴唇苍白得没有丝毫血色，整个人看起来就像是重病了许久的病人一样，正气若游丝地看着我。

才过了不到半年的时间，葵理怎么会从一个精致绝伦的美少年变成这个样子？随时都可能咽下最后一口气似的。朱夜的脸上也写满了悲痛，正紧紧抓着丝被的一角，像是极力隐忍着什么。

虽然我很讨厌这对变态的双子，但突然看到他们变成这样，还是忍不住油然而生出许多同情。

"你……你来了……夕音小姐,可以再看到你,真好。"葵理异常吃力地对我开口,声音也是无比嘶哑。

我有点踌躇地回答:"你怎么会变成这个样子……"

"哥哥他生病了,病得很重,你能救救他吗,夕音小姐?"朱夜急切地抓住了我的手,美丽的红色眼眸里闪动着像是星星一样的泪光。

"我救?"我看了看站在一边的蓝叶,发现她的脸色也非常奇怪,只好不解地问,"我对魔法很不擅长的啊,为什么会等我来救国王呢……你们的大祭司也没有提起过这件事……"

"哥哥是被强大的死灵巫师诅咒了,这个世界的人都不可以碰触到他,不然就会被魔咒缠身,只能由异时空的魔法师来慢慢治愈。只有你可以救他,拜托你,夕音小姐!"

握住我的修长手指更加的用力,让我不知所措。我预想了很多次再碰面的方式,也做好了跟双子抗争到底的准备,却没想到是这么意外的场面。

想来他做了那么多坏事,招惹到强大的巫师也不奇怪,只是那种诅咒,我根本也没有听说过啊……可是眼前葵理的模样却不由得我不信。

"如果……夕音小姐不愿意的话……不要勉强……"

葵理对我轻轻地一笑,虽然已经是虚弱到极点的模样,可是他一笑起来还是有种独特的美感。他一边笑着一边颤颤地对我伸出手,手上的皮肤也变得一片蜡黄。

我像是被那双迷人的眼睛魅惑住一样,不自觉地也把手伸了过去。

我们的两手相抵时,朱夜惊喜地说:"果然,夕音小姐是可以碰触哥哥的!"

"可是我根本不知道这种咒语要怎么解……"

"没关系的,夕音小姐可以慢慢试,就住在王宫里一点一点地试,仆人们都不可以接触到哥哥，由你来照顾他，情况也会好转。"

"又要我住在王宫里？！"我皱起眉不情不愿地叫着，"上次只说留一晚我就被打进监狱，这次谁知道你们想对我做什么呢……"

"夕音小姐还在为上次的事生气吗？其实我们并没有恶意，只是想开一个小玩笑。夕音小姐忍心为了这么一个小玩笑而眼睁睁地看着我哥哥死在你面前吗？"

"呃……"我犹豫了一会儿就说，"那你们得答应我一个条件。"

"是什么？"

"我可以留在王宫照顾国王陛下，但要真正的可以自由进出，可以去见大王子。"

听到我的话像是整个房间的空气都为之一僵，我注意到葵理的眼神也变了一变，不禁想自己是不是提出了一个比想象得更加严重的问题。

片刻的安静过后，葵理突然轻声地说："没关系，让夕音小姐去见大王子吧……她会明白的，大王子并没有她想象中的那么简单……"

这话又是什么意思？我愣了一下，转头去看葵理，却看到他的眼中只有虚弱无力。

"既然哥哥都同意了，那就这样吧。希望夕音小姐可以留下来好好照顾哥哥。"朱夜又对一直沉默的蓝叶说，"蓝叶祭司护送夕音小姐过来也辛苦了，先退下吧，记得帮我们好好照顾大祭司。"

听到蓝叶照顾白尘我又不寒而栗，虽然知道她现在绝对不可能伤害白尘，可是还是忍不住想起那一幕幕可怕的画面。我略带着惊慌看了蓝叶一眼，发现她也正在看我，视线中满是探究。

"是……公爵殿下，国王陛下，我退下了。"蓝叶低下头，行了一个宫廷礼，就默默地转身，美丽的曲线身材慢慢消失在了门外。

一想到蓝叶和白尘互处的时光我就如坐针毡，可是还来没得及多想手又被人拉了几下。

"夕音小姐……果然是很善良的人,可以救牢狱里的那么多罪犯,现在也肯来救我……"葵理断断续续地无力说着,用蜜色的眼珠直直地看着我,"其实,我真的很喜欢夕音小姐……"

"啊?"我愣了一下,想也不想地嘟囔着说,"你不恨死我就已经很好了。我才不知道你们在想什么,也不想知道,我只是没办法看着你这样不管。好了,不要说了,我先试试治愈术吧。"

我回握住了葵理的手,听他轻轻地笑了一声。

我让自己无视对方的反应,专心用各种治愈术和解咒术逐一施展到葵理的身上,可是都没有得到想要的效果。

"夕音小姐会对每一个人都这样好吗?我有没有比较特别一点?"

听到葵理这么问,我心里只想说的确有特别,只是特别坏一点,但还是忍住没有出声,不搭理他,只管自己专注地施法。

可是奇怪的是,我并没有感觉到葵理的身上有诅咒的气息,虽然不懂医术,也觉得两手相触的肌肤之下是健康的脉搏,跟他表现出来的奄奄一息并不一致。

我带着不解又抬头去看葵理,发现他也是目光停留在我的脸上,眼神中有一丝暧昧不明的意味,让我莫名其妙。

"夕音小姐,是有什么不对吗?"葵理又叫着我,本来微弱的气息变得平稳起来,笑容里也多了一丝邪魅,"我能感觉到你强大的魔法,真是令人心醉不已的力量,夕音小姐施法的样子又如此美丽,像是带着光芒一样,只是看着这样的你,就感觉自己好像变健康了呢。"

他说的简直可以媲美诗泉才说得出口的台词,抓住我的手同时也多加了几分力道,像是要拉我靠向他那边一样。我虽然并不明白发生了什么,却直觉很不妙。葵理的蜜色眼珠中之前还是楚楚可怜的哀求和虚弱,不知道什么时候已经染上了野兽一般嗜血的掠夺气息。

我不由自主地想要往后退,想要抽出自己被越抓越紧的手,可是往

后一靠的时候就触碰到了另一个身躯。

是朱夜？！我差点忘了他的存在。

就在我分心的那一刹那，被突如其来的力量猛地一拉，不防备整个人向前栽去，直直地栽倒在床上的人怀中。还没来得及反应，就一阵天旋地转，眼前一黑。我被压制在了柔软的床上，两只手被按住，嘴唇也突然感觉到带着撕咬和吞噬的力量。

直到我意识到那是两片薄薄的嘴唇，正像是暴君一样地掠夺着，对我的嘴唇攻城掠地。我的脑门轰然炸开，不知道是吃惊还是愤怒，开始一阵阵地晕眩。愣了片刻之后就用全身的力气推开了压在身上的人。

女生的力量毕竟不如男人，我的挣扎几乎没有效果，直到我用上了魔法的帮助，身上的人才真正地弹飞了出去，摔到了地上。

怎么也没想到会突然遭遇到这种状况，我的心里怦怦乱跳得厉害，又生气又害怕，狠狠地抹着嘴唇想要抹去那种令我不舒服的触感，抬眼就看到了坐在地上的葵理。

他哪里还有一点病弱的样子，眼睛亮得像是黑夜中的兽眼一样，修长的手指轻轻抚上嘴唇，然后对我勾起一抹邪魅无比的笑容。虽然美得让人心惊，这个时候我却只有反胃的感觉。

"哥哥！你没事吧！"朱夜飞快地向葵理跑去，紧张得像是对待最宝贵的易碎品一样，摸着他的头带着敌意的笑容看着我，"哥哥就喜欢这种粗野的乡下女人吗？"

我气得直发颤，并不是因为被朱夜辱骂，而是看着他紧紧扶住葵理的手。我早该知道，什么病痛，什么听都没听说过的诅咒，什么只能由异世界的魔法师来治愈，通通都是假的。那一脸的病容，也只是化装术而已。

但他们的目的是什么，搞了这么半天，目的呢？只是为了耍我吗？看着葵理已经完全不掩饰的脸色和朱夜的一脸轻蔑，我想自己是真的猜对了,天底下真的有这么无聊又变态的人。

"夕音小姐,你……"

"对不起!"我打断了葵理接下来的话先一步出声,"我对病人太粗鲁了,真抱歉!可是生病了是不应该乱动的,要好好躺着才对啊!"

我连忙跑过去扶起葵理,假装没有看到朱夜接触到他的手。

我在害怕葵理下面会告诉我,"没错,我就是在耍你。"这层窗户纸一捅破,他也不用再伪装了,接下来只会更加肆无忌惮。比起来我情愿当成什么也没发生过,假装被他一直戏耍捉弄,让他满足于现状,不做出更过分的事。

"夕音小姐……"

我再一次打断了葵理,"啊!我刚刚的解咒应该是起了一点作用,感觉陛下的气色都好了一点。为了研究出更快的治疗方法,我想去翻一下魔法书,一个人好好想想。陛下请容许我先退下。"

"哼。"

朱夜在旁边哼笑了一声,葵理的视线也变得玩味起来。

在我提心吊胆生怕葵理发难的时候,他却突然笑了。

"嗯,那就辛苦夕音小姐帮我研究解咒的方法了,你先去卧房休息吧。"

"谢谢陛下。"

我行了一个礼,感觉自己背后的冷汗都冒出来了,尽量装作若无其事地慢慢退了出去。

回到客房之后我猛力关上房门,冲到浴室的水台不停地拿水漱口。

一边感受着冰冷的水珠拍打在脸上,一边想着葵理是不是疯了,为什么他会突然想要对我做这种事?

我预想了到王宫之后会遇到的各种难题,但从来没预想到会发生这样的状况,一下子阵脚全乱了,不知道接下来该怎么办。在浴池旁边坐了半天,我都是脑袋放空的状态,直到口袋里突然传来魔法的波动。

那是魔法石的波动,不属于我可又有着很熟悉的气息。我愣了一下,连忙去翻口袋,触手温润光滑,真的摸到了一颗不大的紫水晶魔法石。

我不记得自己有带这样的魔法石啊……但想了想,还是对着石头回应了魔法波动。

水晶石接收到我的回应,就开始升腾起幻影一般的烟雾,缥缥缈缈地拢聚成普通圆镜一样的大小,然后有人影从那烟雾中显现出来。

那是白尘,果然是白尘,他在烟雾之中看着我。

我都没注意他是什么时候偷偷把魔法石放到我身上的,好像在我最无助的时候、最意想不到的时候总是可以看到他,让我情不自禁地叫出声来。

"你还好吗?"白尘的声音也像雾气一样渺茫地传过来,"我担心你突然到王宫会遇到什么意外。"

"我……我……"我委屈地一抽鼻子,简直想把刚才的事全部都竹筒倒豆子一样地跟白尘抱怨出来,可是还是忍住了,告诉他,"我还不错,可是那个变态国王,还有他的变态双子弟弟真的太讨厌了,他们是不是天生以戏弄别人为乐的。"

白尘注视着我一会儿,回答的竟然是:"是。"

我有点意外,那不是白尘效忠的国王陛下吗?他这样算是信任我,对我吐露心声?我内心窃喜之余忍不住又问:"你知道他们有多扭曲多变态,为什么还要帮着这种人?"

"他们是蜜亚王国的统治者,而我是蜜亚王国的大祭司,从出生起就在神殿，注定一生为皇室效忠。"

白尘很平静地回答我的质问，只是轻描淡写的几句话却让我发现自己有多幼稚。是啊，我明明知道他从出生起受到的是怎么样的封闭的教育，除了魔法和为皇室奉献生命之外，无喜无悲，无爱无恨，像是武器一样被冰冷地雕琢出来。我怎么可以任性地要求他背叛自己这些年来唯一被洗脑要效忠的人呢？

我黯然地说："可是总觉得不甘心，现在蜜亚王国的人民之所以还对皇室抱有一点期待和信任，通通都是来源于你。根本不把其他人当成人看待的国王，不配被你拥戴……如果再这样下去，这个国家只会越来越腐朽，哪怕你再努力，也没办法一个人支撑住整个崩塌的国家。"

"你来到这里并不久，为什么会了解这么多？"不知道是不是错觉，白尘看着我的眸色都变得更深了些，低低地开口，"你的确没有想象中的那么简单。"

"我只是做了少许研究而已啦……其实你心里应该比谁都明白这些才对……"我当然不会告诉白尘，历史上的蜜亚王国，从此开始就几乎走向了灭亡，魔法也几乎从这个世上绝迹。

白尘沉默了片刻，告诉我："我会去见大王子。"

"大王子？你要见他？是想要帮助他吗？他一直被软禁，你去见他会不会有什么问题？没有危险吧？"

"我会尽量避开危险去见他。"

白尘还是平淡地说着，我却分明看到他的唇角轻轻地勾起一抹笑，轻得像是不存在一样，却又可以让整个世界的冰雪都消融的笑。我看过无数美丽的、魅惑的、明朗的笑容，可是所有加起来都远没有这一刻让我震撼。时隔这么久，白尘他终于对我展露了笑容，一切就像是回到了从前……

我正在傻眼的时候，白尘已经恢复到了原来的样子，面无表情地说：

"别让国王他们伤害你。必要的时候用这个魔法石，我会出现在你身边。"

"呃？这样可以吗？会不会激怒他们……"

"没事。"

白尘没有说更动听的话，只是轻描淡写地告诉我，眼睛里却写着坚定。我的心脏热了起来，像是有把温暖的小火在不停烧着。

"我知道……我知道……"

我的眼眶已经快要挡不住溢出的泪水，白尘应该是察觉到了，稍稍移开了视线。

"你先休息。"

他只丢下了这句话，表情略不自然地收起了映象魔法。本来聚拢的烟雾瞬间就像是烟花一样四处消散，没有在浴室中留下一丝痕迹。

我把魔法石紧紧攥在手心里，感觉石头里残余的魔法温度，就像是与白尘的手握在一起一样，顿时又生出许多勇气，感觉自己可以面对一切的难题。

接下来的几天，我继续假装不知道葵理的戏弄，不让他捅破那层窗户纸，尽量表现出无知的一面好让他得到一些耍弄小动物般的快感，但是我也在时时刻刻戒备着，不让他有机会对我再次做出任何过分的举动。

这个时候我就特别幸庆自己会了一些乱七八糟不入流的魔法，虽然不入流却足以帮我应付这种状况。

比如葵理在突然想要拉过我靠近的时候，我的身上就会像是被扎了许多小孔的灌水气球一样，滋出许多小水柱来，喷得他防不胜防，也没有兴致继续做什么。

我还是不明白为什么葵理总是对我表现出有着莫大兴趣的样子，虽然已经做好了各种准备，但我是在他的皇宫里，如果葵理真的发怒，其实可以轻而易举地夺走我的生命。

在这里每多待一天,我就多一份担忧,还好总是有白尘在。

而且我也知道了,白尘已经悄悄去见了大王子千羽凌。他在想办法帮他脱离这种生活,给予他可以自保的力量,那就是找到了失踪的子爵,也就是大王子的表兄,让他在政治中可以有作为皇族应有的权力和威望。

我和白尘每天都会用魔法石联系,在他不方便去见千羽凌的时候,我就会自告奋勇地帮忙,传达消息或是探望千羽凌的状况。

千羽凌是我见过的史上最落魄的王子,一个人在偏僻冰冷的石屋里,没有仆人的照顾,生活补给品都很缺乏,甚至经常连吃的东西都没有。他却是个非常好的人,笑容一直挂在脸上,看上去还有些玩世不恭的洒脱,很不客气地吃着我给他偷偷带过去的食物。我们只见了两三次,却像是认识了十几年的朋友一样。

这天的夜已经深了,我们总是在深夜里见面,有一搭没一搭地聊着天,并不去说那些沉重的话题。我跟千羽凌说着外面的趣事,他从小就没有机会接触到的天地。在我不着边际想到什么说什么时,他就只是用灿若晨星的眼眸微笑注视着我,安静地听着。

"夕音小姐身上有种与众不同的吸引力,就像阳光一样,很美丽耀眼,却不刺眼。"

千羽凌突然这样开口对我说,等我愣愣地去看他的时候,他已经假装什么都没说过了,扯开了话题。

突然被这样说我还有点不好意思,心里只觉得千羽凌是太久没见过士兵以外的人了,偶尔看到个陌生人就瞎觉得耀眼,并不往心里去。

我跟千羽凌能在一起聊天的时间并不太长,因为葵理那个变态几乎不分日夜想到就要传召我,号称是为他治病,其实又是无聊了想要耍着我玩玩而已。只有在千羽凌这里,还有与白尘用魔法石交流的短暂时间我才感觉是松了口气。

说到魔法石，我想到可以用魔法石让千羽凌和白尘直接谈话的，摸了一下口袋整个人都傻住了。

"怎么了？"千羽凌一眼就看出我的脸色变了。

"魔法石……魔法石不见了！"我一下子从椅子上弹了起来，不停地翻身上的衣服，四处寻找起来，"小白给我的魔法石啊，我们联系全靠它的。"

"你不要慌，这里没有杂物，如果魔法石掉在这里一眼就能看到的，是不是你翻墙过来的时候不小心弄掉了？"

"嗯……也许是的。我一定要找回来，我还要跟小白说话呢。"

"不只这样。"千羽凌轻皱着眉头说，"那是大祭司的魔法石，如果掉在这个附近被发现的话，白尘和你，还有我都一定会惹上麻烦。"

"哎呀！"我急得一跺脚，"我现在就去找！下次再来看你！"

"嗯，你要小心。"

我匆忙跟千羽凌主动告别，又绕过士兵和暗处的眼线，照着刚刚过来的路线小心地寻找，本来以为用感应就可以轻松地找到，可是一路以来都没有感应到一丝的魔法气息，直到我翻墙回到了宫殿那一边，魔法石还是杳无踪迹。

到底去哪里了呢……我想了又想，突然记起自己之前是在葵理的卧室里，每次防备着葵理我都得使出浑身解数，之前站立不稳还跌了一跤，也许掉在那里也说不定！那就更糟糕了！

现在都已经是深夜了，怎么去找魔法石呢……我能想到的只有隐身术，可是会消耗大量的魔法，也许还会被侍卫发现。

可是管不了那么多了，我绝对不能让白尘惹上麻烦，想到这里我就决定怎么也得冒这个险，到了入口处的附近就念了隐身术的咒语，无比小心地绕开所有人，慢慢地靠近葵理的卧房，一辈子都没试过这么紧张。

万幸一路上都是有惊无险，花了很多时间我终于到了葵理的卧房门前，又默念了穿墙魔法，像穿过水幕一样穿过厚实的墙壁。

我压住自己如雷一样的心跳声，只走了两步就发觉卧房里并不只是一个人，传出了说话的声音。

"所以哥哥终于已经玩厌了吗？想要结束了？"

那是朱夜的声音。玩厌？什么玩厌？难道是指我吗？我不禁竖起了耳朵。

"哼，他是个好玩具，表面上温驯，骨子里却远没有那么听话。我本来还愿意再多玩上几年，可是我的玩具却在跟我抢另一个玩具，那样我可不喜欢。"

我吓了一跳，发现自己好像听到了不得了的东西。

"呵呵，哥哥是蜜亚王国的国王，就是所有人的神，你不喜欢的东西，当然是马上除去。"

朱夜带着崇敬的迷恋之色倚在葵理的膝头。葵理笑着摸着他弟弟的头发，眼睛中却没有一丝感情，像是随手在摸一只并不疼爱的猫一样。可是朱夜并不在乎这点，依然沉溺于这表面的爱抚中。

"你说怎么除去？"葵理轻描淡写地问着。

"明晚就派最好的刺客直接暗杀了他，随便编出一个病来不就好了，反正也没几个人理会这个多年未露面的大王子。"

朱夜的话一说出口，就让门边上的我浑身冰凉。

"哼。"葵理哼笑了一声，本来还想说话，突然视线一转，直接看向我这边，似乎是发现了有什么不对劲。

那个视线像是真的可以看到我一样，让我整个人寒毛倒立，再也顾不得寻找魔法石，飞速地穿出了卧室的墙外去。

葵理和朱夜真的想杀了千羽凌，他们同父异母的哥哥！

我拼命地让自己镇定，一直转到了安全的地方，才消去隐身术狂奔回自己的房间，奋力关紧房门。

如果不是魔法石不见了，我都不会听到这么令人震惊的内容，明晚就要开始暗杀行动，我现在跟小白却联系不上，怎么通知他呢？他一定不希望大王子出事的，我的心里乱成了一团。

我将额头抵在门上想东想西，暗暗决定无论如何都要替白尘保护大王子，做出这个决定反而让我轻松了很多，可是一转身却被眼前的人影冷不丁吓得又快要魂飞魄散。

"啊……"我在自己的尖叫就要冲破喉咙之前先一步用手捂住了嘴巴，才没有引来外面侍卫的注意。

"夕音小姐，许久不见，我每天每时每刻都在思念着您。"

对面的人对我深深地行了一礼，如紫罗兰丝般微卷的美丽长发随着低头的动作垂落几缕到胸前。

我惊魂未定地张着嘴，半天才结结巴巴地找回了一点声音："你是……诗泉？！"

对方抬起头，比精灵更加空灵精致的脸蛋呈现在眼前，紫金花般的眼眸中闪动着水一样的光泽，比上次分别时好像更成熟了一些，也更美丽了一些，那就是我熟悉的、分别了半年的诗泉。

"夕音小姐！我们尊贵的大祭司！您终于回来了，能再看到您真是像做梦一样。您看上去还是那么健康和美丽，坚强和明朗，上次您就那样消失在我的面前，让我几乎陷入绝望……"

"等等，等等。"我一边小声做了个"嘘"的手势打断了诗泉接下来的长篇大论，一边把他往房间里面领，压低声音说，"你知不知道这里是蜜亚国的王宫啊，这是什么地方你都敢来！你是怎么闯进来的？为什么你会知道我回来了？！"

"因为怕水国被突袭入侵，我们有安插人手一直窥探着王宫的动静，您来了之后我自然能收到消息，开始本来还不敢确定，直到真的看到了您！水国的希望，人民的……"

"好好，我知道了，那些都可以省略了。这里非常危险的，你还是赶紧走吧！不要再您啊您的了。"我着急地说。

"这么危险的地方我都闯进来了，怎么可能轻易离开。我过来就是为了保护您离开这个危险的地方啊。快跟我一起去水国吧，夕音小姐，不要再执著于无关紧要的事……或人了。"

诗泉说到人的时候顿了一下，我知道他是想说白尘，可他不知道对我来说，除了白尘以外的事和人，才是真正无关紧要的。

"总之我是无论如何都不会跟你离开这里的，你也不用多说了，自己快走吧。"

诗泉精致柔美的脸蛋又变得倔强起来，坚定地说："您不走，我也不会走，我要留在您的身边保护你。"

我感到一阵无力，只能无奈地抚额，大王子的事都已经烦心不过来了，现在还要担心这个难缠的家伙。

"你要是被人发现的话，我也脱不了关系的啊！"

"请夕音小姐放心，虽然我不是魔法系的，但也有足够不让人发现我的身手。"

诗泉说完突然身影一闪，一眨眼的工夫就从我眼前消失了。我吓了一跳，四处找不到他的身影，还以为他用了瞬移魔法，却听到头顶上的天花板有笑声传来。

他果然不是个只有样子好看的花瓶而已，倒像是黑夜中危险而又美丽的刺客。

刺客？想到这里我突然像是抓到了救命稻草。看着诗泉轻盈地跳到我面前，我不停地打量着他。

没有白尘的帮助，我并不能确定自己能不能一个人解决掉王宫的暗杀行动，如果有诗泉的帮助，可能就会轻松许多，可是我觉得平白无故拉他下水太自私了。

"不管是什么问题，请尽量吩咐，我都愿意为了您去做。"诗泉突然说道。

"呃？"

我愣了一下，他怎么知道我在想什么？

"看您烦恼的样子，一定是遇到了什么难题，我愿意守护在您身边，让您不再是孤单一人。请不要拒绝我！"

诗泉还是一本正经地说着，清朗的声音像是有着安抚的力量，让一直焦躁不安的我都冷静了下来。

"那……拜托你了。请在不被牵连到的前提下帮助我！"

我对诗泉深深地一鞠躬。

又过了难熬的一天，我一直紧张地盯着葵理和朱夜的一举一动，魔法石虽然没有找到，但好像也没有暴露。看起来是风平浪静的一天，底下却是暗潮汹涌。

等到入夜之前，我找借口脱了身，跟潜伏在暗处的诗泉汇合，一起翻过墙到千羽凌的住所外，没有惊动任何人，只是在最隐蔽的角落藏匿着，看着房子内的一举一动。

千羽凌也并不知道我们的存在，一直专注于厚厚的书籍之中，让我意外发现他认真的一面。房子周围一直很安静，时间一分一秒地过去，夜幕越来越浓厚。我们一直维持在大气也不敢出的状态，已经感到有些疲累。就在以为刺客不会出现的时刻，我突然感觉到了一丝侵入者的气息，被隐藏得几乎不能发觉，像是错觉一般一闪而过。

诗泉肯定也感觉到了，我们都警觉了起来。

千羽凌还完全不知情，就在他想要站起来的时候，一个如箭一般的黑色身影突然飞快地向他袭来，用肉眼几乎无法捕捉到的速度。

等千羽凌发现他的时候，那个黑影已经被我用壁障魔法猛地弹开，摔在了地上，又无比矫健地翻身站起。

"谁？！"

千羽凌站了起来，后退了两步。短短的时间内黑影已经再次发动攻击，可是诗泉也已经挡在了千羽凌的身前，用闪亮的短剑格挡住了刺客的匕首，发出清脆的金属碰撞声，还有银白的火花。

我在刺客和诗泉打斗的时候低声吟唱，想要用魔法帮助诗泉，可是却意外地发现不同的方向又有三四个的黑影袭来。朱夜果然不只是派来了一个刺客，他做好了万全的准备。

我连忙掉转方向，去迎击其他的黑影。

千羽凌也不是懦弱没用的王子，他只是吃惊了一下，很快就拔出长剑保护自己。空旷的房间里进行着无声但又激烈的战斗，几个黑影倒了下去，可是更多黑影又不断袭来。

我不能设魔法结界挡住更多的刺客，他们发现不对的话肯定会去回报朱夜，只能把他们引进来悄无声息地制住。

直到地上横七竖八地躺着十几个戴着图腾面具的黑衣刺客，才终于没有新的入侵者进入。每一个都是很强大的刺客，我和诗泉还有千羽凌都累得微微喘气。

"这是怎么回事？"千羽凌比想象中的更平静，讽刺地一笑，"他们终于忍不住动手了吗？"

"嗯……我也是昨天晚上才知道的。我联系不上小白，不知道该怎么办，只能想到先把刺客挡住了。"

"谢谢你，夕音小姐。"千羽凌的笑容转成了苦涩，"你一直很尽心

地帮助我这个无权无势的大王子，除了说谢谢我什么也做不了。"

"不需要你做什么。暗杀行动失败，还不知道那对变态双子接下来会做些什么呢……你的处境非常危险……也许我们做的一切都是徒劳无功。"

"你为我做得已经足够多了，我非常感激，但不能让你们再冒更多的险。葵理是国王，他想杀掉我非常容易，怎么抵抗都是徒劳无功。这些刺客没有回去的话，很快他们就会派更多的人过来。"

房间内因为千羽凌的话陷入了一片死寂。

我不甘心地一咬牙，说："不可以这样坐着等他们来杀你，我现在就带你走！"

"走？"千羽凌和诗泉一起看向我。

"不然能怎么办，不要想这么多了，再想就没有时间了，总之先保住命比什么都要紧吧！"

诗泉瞪大了紫色的眼睛："夕音小姐，您比想象中的更任性大胆啊！他可是蜜亚王国的大王子，你准备带他逃亡一辈子吗？怎么可能……"

"我只知道再待在这里他肯定会死，我又肯定不想让他死就对了！"我一把抓住千羽凌的手，"大王子，你跟不跟我走？"

千羽凌看着我的眼神中写满了震惊和复杂的情绪，只是考虑了片刻，就回握住我的手："好，我离开这里，跟你走。"

"你们……"诗泉张着嘴想说什么，半天也说不出什么，只好气鼓鼓地说，"好吧，随便你们了。"

"我的魔法支撑不了三个人飞行，还是尽量避开士兵跑出去吧。"

"等等。"千羽凌从地上躺着的黑衣人脸上摘了下一个面具，"都换上他们的衣服吧。就算没什么作用，我还是不想让你们暴露身份。真的到了危险的时候，不必管我。"

我默默地听着，没有反驳，也从黑衣人脸上摘下面具。

三个人都换上了一身黑衣服和面具，倒是跟黑夜融为一体，目标小了许多，可是也浪费了一些时间。我们匆忙地绕开士兵把守的关卡，小心地逃出这个阴森的牢笼。

一路上解决了几个士兵，又耽误了时间，好不容易走出宫殿偏门，正以为能松一口气的时候，却看到了围墙外树林里各处涌出来的戒备森严的士兵大队。

没想到葵理和朱夜的防备比我们想象中的更加密不透风！他们是算好了所有的可能性，不想给千羽凌一点活命的机会。

只是这么一点时间，后面也已经有大队人马追赶过来。身后的马蹄声离我们越来越近，像是皇家骑士团都出动了。

这么多士兵，我不敢消耗太多魔法，怕又被强制送回原来的世界，而且就算我耗光了所有的魔法，也肯定解决不了这么多人。虽然都戴着面具，可我知道千羽凌和诗泉也都紧张了起来，各自举起了武器。

包围圈越缩越小，身后的退路也被追兵堵住。突然有更为雄健的两匹骏马越过骑士团的骑兵们走到最前方，就像是在夜色中也依然夺目的美貌，竟然是葵理和朱夜本人都亲自出马了！情况比我想象中的更糟糕！

"大王子，你怎么打扮成这个样子深夜擅自外出呢？是想做什么坏事？会惹怒国王哥哥的哦！"朱夜笑得一脸邪气，用马鞭悠闲地轻顶着他秀美的下巴，"另外两个人是谁？快把面具拿下来，让我们认识一下吧？"

千羽凌一把拿下面具丢得远远的，并按住了我和诗泉的动作。他一脸无畏地直视着骑在骏马上的葵理和朱夜，朗声说："我是蜜亚王国的大王子，在自己的国家，我想要去哪里就去哪里！"

他的头发在晚风中猎猎飞舞，眼睛中的光芒比天上的星星还亮，展现的气魄让朱夜都愣了一下。我也有些意外，他一定不知道自己这个样

子有多帅气，认识这么久我才第一次感受到了他来自皇家的天生贵气。

葵理却并不当一回事地冷笑了一下，说："已经查实了千羽凌有叛国的嫌疑，从今天开始不再是蜜亚王国的大王子，马上将他就地处死，同谋一个也不要放过。"

叛国？！葵理轻而易举地就给千羽凌定下了一个罪名，完全不需要证据和理由。他一声令下，所有的士兵就对我们亮出武器开始逼近。

我又怒又慌，也不知道怎么办好了，只能推一把诗泉："你快冲出去，我用魔法帮你！快走！还有机会！"

"我说了会一直跟您在一起！会永远保护您！"诗泉这个时候还是倔强得不可思议，让我不知道是感动好还是着急好。

葵理冷冷地一挥手，所有的士兵们都向我们大步刺杀过来，骑士团的马蹄也朝着我们踏过来。这种情势根本不容许我分心，哪怕耗尽魔法也必须上了。

没时间让我吟唱大型魔法咒语，我只能飞速地在周围一圈设下几个魔法屏障，再要争取时间发动大型魔法。

无数把武器碰撞在屏障上，发出的震动如放大几百倍的蜂鸣声，低等屏障根本顶不了多久武器和马蹄的攻击，很快就出现了一道又一道的裂痕，队伍中还有会魔法的骑士直接打破了屏障攻击过来，虽然被诗泉顶住，但已经撑不到我发动大型咒语的时间了。

所有的魔法屏障都碎裂开来，迸射了一地再化为烟尘，骑士用长长的银矛向我狠狠地刺过来，我避开了第一根第二根，却没有办法避开更多，马上就要被刺中的时间，眼前白光一闪。

那是强烈得可以照亮整个天地一般的白光，让我觉得无比温暖。

在所有人都始料未及的情况下，这道白光从中间弹开了周围所有的士兵和骑士，用不致命但不容抗拒的力量，把他们全部卷落到地上。

所有人都被这始料未及的变故弄得回不过神来，包括我。正在发怔的时候,白光中心伸出一只手拉住了我的手。

"快走。"

一个戴着纯白面具看不清模样的人低声跟我说。

—— 4 ——

我当然知道这个戴着白色面具突然出现的神秘人是谁,不管他变成什么模样我都能一眼认出他来,只是太过意外他怎么会突然出现,真的像是有着神灵的感召一般,还是说他本身就已经是神。

"不要发呆了。"白尘拉着我,提醒了所有人一声。

不知道白尘是为什么会救我们,他毫不犹豫地拉住了我,那熟悉的口气,他也是一眼就认出我来了吗?明明我也是戴着面具的!

千羽凌和诗泉立马打起精神来,配合白尘的魔法,在士兵的重重包围中破出一条出口。

"不要放过任何一个人,所有人就地处死,杀死一个就能封为贵族奖励爵位!"

葵理的声音已经藏不住怒气,再也不是一副随意将人玩弄于股掌之中的姿态。

所有士兵都受到了权势的鼓舞,顿时疯狂地发动攻击。白尘和我一起施展魔法,可以轻松地打退士兵,可是我们不想杀人,对方却想置我们于死地,这种情势对我们本来就不利,而且对方人数极其庞大,光是车轮战也能耗光我们所有的力气,我知道我们逃出去的希望仍然非常渺茫。

"不要分心。"白尘猛地替我挡开了背后刺过来的一把长剑,顺势将我紧紧搂在怀中保护住,飞速地前进。

与此同时,我也看到了白尘的身边闪动着无数的光芒,那是一把把利箭反射月光的冰冷光芒。四面八方都是弓箭手对准我们,而骑在马上紧紧跟随过来的葵理,也已经一脸戾气地拉开了一把繁复的长弓,箭尖对准的就是白尘的心脏。

下一秒葵理的金箭已经划破空气急速射出,我根本来不及出声提醒,只是用尽全身力量拼命地拉了一把白尘,让他避到另一边,自己也身体失重倒了下去。

金箭就"嗖"的一声从我的胳膊处擦身而过,划开了我手臂的衣角,皮肤上也有火辣辣的疼。

我和白尘一起倒在了地上,我还不小心压到了他的身上,撞了个正着。虽然没有被箭射中,可是几乎同一时间也有漫天的羽箭跟着一起向我们射过来,像是下起了密集的箭雨一样。

我大吃一惊,想也不想就用身体挡住了弓箭射过来的那一边,同时想要将白尘推开,闭上眼睛等待着被万箭穿心的痛苦。

可是白尘并没有让我推开他,反而强悍地将我拉向他的那一边,等待中的痛苦也一直没有降临,我反而听到了无数箭柄掉落在地面上的声音。

回过头一看,正好是白尘的魔法屏障消散前的光芒。他在这么短的时间内就已经可以使用中级魔法,如果有多一点的时间喘气的话,我一定会赞叹不已。

躺在地上的姿势太过容易任人宰割,白尘飞快地起身并拉起了我,一把将我推进了一道破旧的小石墙后面。

我们已经跑出了通向王宫的大道,接近居民的住处,除了树木就是些废弃崩塌的房屋,墙壁刚好可以为我们挡住箭雨的攻击。

看到诗泉和千羽凌也躺进了另一道石墙内,看上去都没受什么伤的样子,我也放心了一点,却被白尘狠狠压制在墙上。

"刚才你是在做什么!"白尘再也不是冷静淡然的模样,他的双臂压在我的脸旁边,按住我的一只手腕,整个人贴得离我很近很近,虽然还戴着面具,我却能通过他带着怒火的气息猜想到他现在的表情。

"我,我不想让你受伤,你不可以有事。"我的身体在微微地颤抖,不知道是庆幸自己逃过一劫,还是在为白尘差点被箭射中而害怕。

"可是你要是受伤,你要是出事呢?怎么会有你这么笨的人?不要胡来!"白尘的语气格外地凌厉,按住我手腕的力量也加重了一些。

任谁看到白尘现在的样子都没办法联想到那是万年一张冰山脸的大祭司,可是我知道他是在为我担心,不但不生气,心里更是甜蜜得快要融化一样。

我用空着的一只手抱住白尘,抚在他后背上,轻声地说:"你没事就好,比什么都重要。"

"夕音小姐!这不是说闲话的时候!你们俩快分开!"

另一边诗泉有些气急败坏的声音传来,分开两字被他吼得格外大声,同时无数羽箭从墙边和我们的头顶上方呼啸而过。

白尘抬头看了看,冷静下来说:"必须阻止弓箭手继续攻击,才可以顺利逃脱。"

"用反弹法术,我们不可以太被动了,一个人的力量不够,我帮你。"

"嗯。"

白尘只是淡淡地"嗯"了一声,几乎是同时我们俩一起吟唱魔咒,也是同时旋身闪出石墙的两边,对着四面八方的弓箭猛地摊开双手,红色和金色的光芒一起闪现,挡住了箭雨的时候让它们像是定格在空气之中,颤动了几下然后掉转箭尖,向着弓箭手的方向反射了回去。

四处都有哀嚎声响起,有人跌落马下,黑夜中看不太清楚太远的状况,可是我知道有不少人受伤了,也许会伤及生命,但这是没办法的,对敌人太过仁慈就是对自己和同伴们残忍。

我专门让几支箭冲着葵理和朱夜射过去,可是都被一一格挡开来,没能伤到他们,只有一支擦过了葵理的面庞,在他的脸上留下了一小道血痕,让他暴戾的神色更加明显。他挥开朱夜因为担心而伸向他脸部的手,暴喝着:"杀光他们!通通杀死,碾碎!"

朱夜突然狠狠地看向我和白尘,本来天使般的脸蛋变得异常狰狞,像是从地狱之中刚爬出来的恶魔一样,比他自己受伤更加愤怒。

他竟然直接抄起虹色长剑飞身跳下马来,用比箭更快的速度直直向我们攻击过来。

这种不要命的攻击方式让我大吃一惊,条件反射地想用魔法回击,可是却被白尘快一步拦住。

他接受的训练和教育根深蒂固,终究没有办法去伤害发誓要一生效忠的皇子。可是就在他阻挡我的时候,那把虹色长剑也已经刺了过来。

剑是对准着我的,可是这回却是白尘转身抱住了我,把我推到了一边。

我就看着夜色之中那把剑带着血红的光芒,贯穿了白尘的胸膛。那血色狠狠地扎伤了我的眼睛,整个人像是脑袋轰然炸开了一样,无比的恐惧和愤怒一起疯狂地涌上来将我吞没。

我的眼睛应该都已经染上了一片血红,在想要发动致命黑魔法撕碎白尘身后的朱夜之前,听到了白尘轻轻的一声:"别。"

他回身猛地将朱夜击飞开来,同时将剑拔出身体。溅射出来的血花又让我通体发寒,上前颤抖地扶住他,几乎呼吸不过来一样用手按在他的伤口上,哽咽地念着止血的法术。

"没事,没有伤到内脏。"白尘的呼吸也很重,但却依然平静地安抚着我。

朱夜再一次捡起被丢在地上的剑攻击过来的时候,我顾忌着白尘没有要他的命,只是用风魔法狠狠给了他一击。

"你……你没事吧？！"千羽凌也跑了过来，扶着白尘担心地问。

诗泉叫了起来："不要再耽误下去了！快走！"

"没事。"白尘握住了我还按在他伤口上的手。

我一直用治愈法术紧急治疗，可是白尘身上的衣服已经被血染红了大半。如果没有面具，他就能看到我的脸被眼泪沾湿了大半的样子。

我咬咬牙，扶着白尘发动飞行魔法，诗泉和千羽凌都趁着弓箭暂停攻击的瞬间更加速地奔跑起来，在黑夜中迎着冰冷的风前行。

一直到了居民区，虽然到处都是士兵，错综复杂的街道给了我们更加隐蔽的逃亡路线。诗泉对四周的地理位置非常熟悉的样子，一直带着我们往拐角处跑，东转西转的。要是平时我早就已经被转晕了，可是现在却一心系在受伤的白尘身上，根本无法顾及旁边的景物。

直到诗泉带着我们钻进了一个破旧的房子里，沿着阴暗的楼梯一直往上走，躲进了一个非常简陋的小房间。这时马蹄声已经离我们很远了，这里都是拐角小巷，骑士团的队伍根本进不来。

可是过了这么久，白尘的伤也更加重了，我一把甩开自己的面具，也揭开了白尘的面具，看着他苍白如纸的脸色嘶哑着嗓子喊："很疼吗？朱夜那个混蛋！你坚持住，我帮你治疗。"

白尘看我哭得稀里哗啦的样子，非常淡然地笑着摇了一下头，没有说话，放松身体让我为他念咒语尽量愈合伤口。

"大祭司，真的是你！你怎么过来了？！"千羽凌看到白尘的面具下的脸吃了一惊。

"魔法石一直联系不上莫夕音，我担心会出状况。"白尘从衣服里掏出一颗紫水晶魔法石，正是他偷偷给我的那颗，不知道用了什么方法又回到了他的手上。

"我……是我不好，我把魔法石弄丢了，联系不到你，想不到什么解决的办法，只能这样做了，是我害你受伤的。"我哭着埋怨自己，眼

泪不停地掉落，手上也不忘继续治疗。

"你身处的情况下也没有更好的解决方法。"白尘只是简单地这么回答。

千羽凌慢慢而又凝重地说："大祭司，谢谢你……你其实根本不用帮我这么多的……"

"还是先让小白休息吧，不要说话了。他既然选择了帮你就肯定不只是一时冲动。"我回头微笑地对千羽凌说。

千羽凌微微地怔了一下，也微笑着说："夕音小姐……看起来很了解大祭司的样子。"

站在房间另一边的诗泉眉头一皱，像是不满地转过身去："是应该少说一点闲话了，这里也只能暂时躲一躲，相信士兵们很快就会搜捕过来的，到时候怎么办还不知道呢。"

千羽凌的神色黯淡了下来："只要是在蜜亚王国，就没有可能逃过葵理的追捕，他是不可能会轻易放过猎物的，也许我们做的一切都是徒劳无功的挣扎。"

我沉默了，看着白尘依然苍白的脸好一会儿，擦擦眼泪站了起来："都已经这样了，怎么可以让努力都白费？蜜亚王国不行的话，不要待在蜜亚王国不就好了！"

"不在蜜亚王国？那去哪儿？"

"去水国！"

"水国？！"诗泉一听到我这么说，立马惊喜地转过身来，"夕音小姐真的愿意去水国了吗？！"

"不是我去，是大王子去。"我一指千羽凌，"你带大王子去水国吧，我相信你有这个能力可以安排好一切的。大王子对水国人民绝对无害，我也相信你们不会伤害他。"

我看了看白尘，他的眼神中并没有反对的意思，千羽凌也安静地沉思着。

诗泉着急地问:"大王子去?我是没什么意见,水国的国王是个很仁慈的人,的确不会为难他。但是,但是您呢?您去哪里?!"

"小白受伤,我不可能丢下他一个人,要在这里照顾他,而且你只带着大王子一个人的话也方便行动一些,更隐蔽一些,所以不要多说,现在就带他离开。"

"我也不可能丢下您一个人!您在哪里我就在哪里!说什么也没有用。"诗泉别过头不去看我。

"又来了……我就知道你这个固执的家伙最难缠了……"我叹了一口气,又深吸了一口,一字一顿地对诗泉说,"那么,我现在将以水国大祭司的身份命令你,必须听从我的安排。"

"夕音小姐?!"

"夕音小姐,您,你说什么?!"

非但诗泉和千羽凌一脸震惊,连白尘的脸色都浑然一变。

"没错,我接受水国大祭司的身份,所以诗泉,身为神仆的你不能违抗大祭司的命令吧?我要你现在马上就带着蜜亚王国的大王子平安离开,到水国暂住,并且好好照顾他。听到了吗?"

诗泉瞪大了紫金花眼眸看着我,过了好一会儿,才慢慢地对着我单膝跪倒行礼。

"是,大祭司,我将遵守您的所有命令。"

"夕音小姐……"千羽凌深深地看着我。

我对他点点头,担心地看着窗外,"你们快走吧,时间耽误得越久就越危险。"

诗泉默不吭声地收好了短剑,低着头向门外走去,让我看不见他的神情。千羽凌又望着我和白尘一会儿,像是有许多话要说,最终还是堵在喉咙间没有说出口,只是向门外走去。

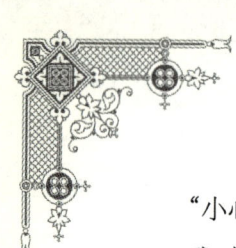

"小心,珍重……"

我对着诗泉和千羽凌的背影有些不舍地送上祝福,听着他们的脚步声飞快地消失在楼梯里。

然后我回过了头,看着倚坐在墙边的白尘,这里就只剩下我跟他了,无比安静。

白尘看着我的眼神里有赞赏有肯定,这对我来说比什么都更加重要。

第六章
THE SIXTH CHAPTER
落跑王子

　　诗泉对四周的地理位置非常熟悉的样子，一直带着我们往拐角处跑，东转西转的。一直到了居民区，错综复杂的街道给了我们更加隐蔽的逃亡路线。
　　我一指千羽凌，"你带大王子去水国吧，我相信你有这个能力可以安排好一切的。大王子对水国人民绝对无害，我也相信你们不会伤害他。"

—— 1 ——

我在白尘的身边坐下,重新为他治愈伤口。毕竟是血肉之躯,魔法的效果只能是止血和缓慢地提高愈合的速度,短时间内并不会有明显的效果。

这么多血,小白一定很疼很疼,想到这里我就得拼命地让自己冷静,手不要发颤。

"可以了,足够了。你不要过度使用魔法。"

白尘制止住我的动作,可是我这次却只想违抗他。

"不要紧,这么点魔法完全不算什么。"在跟白尘两个人单独相处的时候,我也不用再伪装勇敢坚强,眼泪又不受控制地满溢出来,"你为什么要救我……笨蛋……"

"那你之前为什么要救我?"

"那当然是……"我顿了一下,犹豫片刻还是说出口,"你应该知道,我爱你。那你救我呢,是不是同样的原因?"

白尘没想到我会这么直接地说出来,反而让一向镇定的他有点不知道该怎么应付,只是安静地看着我。

这种寂静的时刻我们彼此互相注视着,让我又想起上次被迫带回原本世界之前,我印在白尘唇上的那个吻。他没有拒绝我,那种甜蜜缠绵的触感比火更加热烈,比水更加温柔。不知道在他心里是不是也有这样的感觉。

我这头还在哭着,却不知已经不知不觉羞红了脸,好一会儿才想起自己还要继续治愈伤口,连忙手忙脚乱地施展法术。

"我不知道什么是爱,不懂得怎么去爱。"

白尘突然轻轻地说着。

我笑了一下,也低着头小声说:"不,你懂的,爱是一种本能,与生俱来,任什么外力也无法消灭。你是充满着爱的人,我知道的。"

"莫夕音……"白尘的声音更加的低沉起来。

"小白。如果你不知道怎么去爱,交给我好了!"我再也克制不住内心的感情,带着壮烈的心情抬起了头,直视着白尘,也直视着他因为受伤而失去了血色的嘴唇,唇形依旧完美性感。

我小心地不碰到白尘的伤口,慢慢地伏上去,脸通红地轻轻吻了一下白尘的嘴唇。

早就想吻他了……

好吧,虽然我知道这么想的我真的就跟个痴汉没区别了,可是真的……好想靠近他,我没办法控制自己。

白尘本来只是纹丝不动地坐着,在我都为自己的厚脸皮羞愧不已想缩回脑袋的时候,他的手抬起,轻按住我的后脑,将我推向他,加深了我们之间蜻蜓点水似的吻。

这个吻才是真正的吻,火热深情,温柔又强势,我的大脑再次噼里啪啦地乱迸火花。白尘这个家伙什么时候学会这一套的,竟然有模有样,根本不像是个新手,让我几乎支撑不住就要倒在他的怀里。

顾及到他身上的伤口,我战栗不已地撑住了身体,去回应白尘的吻,脑子里一片空白,只是沉溺于这最幸福的一刻之中,如果这是梦境,我宁愿永远不要醒来。

可是我还是突然被白尘推了开来,正不知道是怎么回事,看到他冷峻的神情,我收拾了一下满天乱飞的神志,终于注意到了楼下街道传来的嘈杂声音,像是一大队士兵四处搜查着什么。本来应该早就听到的动静,我竟然毫无察觉。

我捂住有点发烫的脸颊,假装镇定地问:"怎么办,一定是来搜捕我们的。"

"你自己先走,不要用魔法,那反而会更快暴露。"

听小白一说,我也感应到了魔导士的魔力气息,肯定是葵理专门用来对付我和白尘的,只要我们一用魔法,那群鼻子比警犬还灵敏的魔导士一定会嗅出来闻风而至的。

还好刚才我跟白尘因为别的事而暂停了治愈法术……说到这个别的事,我的脸上又一阵阵地发起热来。

"我猜我的身份已经暴露了,可是你还没有,我怎么可能丢下你自己离开,这不是把受伤的你双手奉上给他们吗?"

"我会想办法掩饰。"白尘不容置疑地说,"我不希望你出事。"

我沉默地看着白尘,不知道是感动他替我着想好,还是生气他不把自己当回事好。最后我站了起来,开始念动魔法咒语。

白尘的神色一变,皱眉低喝:"你在做什么?!你……"

他话说到一半已经没办法出声,我趁着白尘受重伤没办法抵抗的时候对他使用了定身魔法,然后再对他施展隐身法术,看他变得透明,隐没在原地。

我对看上去空无一人的墙壁说:"只是暂时让你不能动弹,过一两个小时就好了,那时候应该会比较安全。小白你一定不可以有事的,我会想办法保护自己。"

白尘已经无法回应我,同时街道下传来了呼喊声:"那边有魔法的波动!"

顿时人声鼎沸,大队士兵的脚步声响起。我捡起地上的面具戴好,跑了出去,窜进了对面一个无人的破旧空房里,然后从那个空房里用一些简单的魔法来攻击士兵们。

魔导士们立刻开始回击,都被我有惊无险地避开了。我在攻击和回避的时候一直注意不能让自己的魔法消耗过量。吸引了所有人的注意力之后我就假装已经精疲力尽，不再反抗。

无数的士兵包围了我所在的房屋，魔导士们发动反结界并收紧，将我困在越缩越小的反结界里。许多人窜进了我所在的房间，我一动不动，任由他们对我施展紧缚法术，并戒备森严地包围着我。

直到过了好一阵，四周安静了下来，只有两个人的脚步声沉沉地响起在破旧的木楼梯里，像是魔鬼在一步一步逼近。

葵理终于出现在我眼前，身后跟随的是刚刚被我用魔法收拾过略显得有些狼狈的朱夜。

"只有一个人？"葵理看了一眼我，不满意地询问。

"是！"

葵理慢慢地踱步到我的面前，像是看着一条砧板上的鱼一样，粗暴地一把掀飞我脸上的面具。

我冷静地看着葵理，他的反应也不是那么意外，果然是一早就猜想到是我了。

"夕音小姐，你可真是不安分。每次我想跟你好好相处，你却总是在捣蛋呢。"

我扯起一丝鄙夷的笑容，"生病的国王陛下不可以乱跑，应该好好躺在床上休息才对。"

葵理这下真的放声笑了起来，笑了几声才说："千羽凌在哪里？还有另外几个人呢？"

"我当然是往反方向引开你们了，不确定他们是不是已经全部都脱离，难不成他们就在这个房间里，我却引起你们的注意吗？"

葵理的脸色阴了下来，"那么你肯定是不会告诉我另外几个人是谁了？你不知道我会有很多种办法让你说出来吗？"

我暗暗握紧了拳头，咬牙笑起来："那我只好试一试了？"

葵理盯着我,脸上阴晴不定,最终伸出一只手轻轻抚摸起我的脸颊。我想避却避不开,只能带着怒火瞪着他。

"不知道为什么,我很在意夕音小姐,很舍不得这种眼神呢。你这么有趣,我可不想太快玩坏你,可是你又太不听话了。"葵理捏了一下我的脸颊之后,转身往房间外面走去,丢下命令,"带她去王宫地牢,把我特别研发的刑具通通在她身上用一遍,不要让她死,然后我会亲自来玩。"

"等等!"我一着急叫出了声。

"嗯?"葵理果然定住了脚步,略侧过脸来,"夕音小姐这么快就害怕了?真让我意外。"

我当然会害怕,我才不到十八岁,平时最怕痛最怕苦,我当然不想遭受那个变态双子研发出来的刑具。

"你不能对我用刑。"

"为什么?"

"因为……我是水国的大祭司啊!"

这句话一说出口,所有人都吃了一惊,葵理也缓缓转过身来正视着我。我本来不太有底气这招行不行,现在看起来似乎比想象中的要管用一些。

"我是水国的大祭司,不相信的话你可以问水国的国王和神殿的人。大王子是水国邀请过去做客的,他并没有任何叛国的迹象,你没有证据怎么可以胡乱定罪。毕竟关系到两个国家以后的命运,你虽然任性,但也不会轻易胡来吧?"

"哼,你以为我会怕水国这个贫穷的小国家?"

"你当然不会怕,但你也知道这会影响到很多方面,世界上不只水国一个国家。蜜亚王国要立足在众国之间不是单靠你的喜好来决定的。今天你随意处决了别国的大祭司,惹来的麻烦肯定也够你头疼很久了。"

葵理的眼睛中带着嗜血，但他压住了那种冲动，慢慢地说："我现在有些相信你是水国的大祭司了，没想到大祭司会这么年轻。"

"我有很强的魔法不正是证明了这一点？"我也让自己显得笃定而自信，"国王陛下，其实我只是来蜜亚王国会见一直重病的大王子，邀请他去水国游玩的。这个不触犯蜜亚王国的法律吧？"

"当然。"葵理懒洋洋地摊开手，"放开水国的大祭司吧，请大祭司到我们王宫做客，让我们好好款待你一下。"

"我可以拒绝吗？"我没好气地问。

"当然不可以。"

葵理最后恶劣地笑了一下，终于慢步离开了房间。朱夜也狠狠地看了我一眼之后紧随葵理离开。

魔导士们接到命令之后都收回了魔法，还是戒备地盯着我。我一直被紧缚法术牢牢困住的身体一下子得到了自由，身上一片酸痛。

知道自己反抗不过，我不做徒劳的挣扎，乖乖地跟着士兵们走出房间，连看也不敢看白尘所在的房间一眼。

他一定还在原处，听到了附近的动静，希望他不要担心我，不要再管我，等到伤好了再出现，为了他的平安我可以做任何事。

我被一路带回了王宫之中。回到宫殿的时候天都已经微微亮了。葵理和朱夜的马就在我的前面，光看背影都知道他们的心情很不好。不过他们还是没有向我发作，反而给我安排了比原来更豪华更精美的卧房。

我身上的弦还是绷得紧紧的，虽然一夜没睡却也不敢入睡，真正体会到了在刀锋上游走的感觉。

一直看似风平浪静，晚上之前都没有人来打扰过我。入夜时我的房门终于被敲响，仆人随即推开门走了进来。

"夕音小姐，国王陛下邀请您参加今晚的宴会，请您先沐浴，服装都已经准备好了。"

晚宴之前还要沐浴？不知道葵理又在搞什么鬼。我疑惑地走上前去，发现仆人手中捧着的晚礼服异常地名贵华丽，蓝色的丝缎晚装剪裁合宜，领口袖口都恰到好处地镶着璀璨夺目的钻石，蓬松的裙摆如云一般散落，像是只有在梦中才可以见到的美丽礼服，任凭哪个女孩都无法拒绝。

越是这么美的礼服我就越觉得将会发生的事情不一般，可是我没得选择，接过了这件衣服，决心把它当做战袍穿在身上迎接即将到来的挑战。

—— 2 ——

我没想到自己会被安排参加这么盛大的宴会，美酒佳肴，轻歌曼舞，汇聚了不同肤色的人，每一个人都是盛装出席，看上去全是达官显贵和各国名流，在无比庞大灯火通明的晚宴大堂中热络而客套地交谈着。

我从来没参加过这种场面，一进门就呆住了，不知道自己该往哪边站。更让我难堪的是朱夜一下子先瞄到了我，拍拍手高声说："水国的大祭司莫夕音小姐光临宴会了。"

他一出声就让所有的贵宾都停止了交谈，而且都顺着他的视线把目光停留在我身上，让我更加手足无措，戴着薄纱手套的双手不自觉紧紧捏住裙摆的一角。

葵理也从大堂正中的豪华国王椅上款款站了起来，他也穿着正装礼服，中长的酒红色丝绒外套上有着繁复华丽的佩饰，袖口上镶缀着闪亮的钻石纽扣，滚绣着华丽的金色丝线，胸前还挂着一长排精致的银色肩带，头上的白金宝石皇冠衬着淡金色长发更是光华夺目，整个人看起来高贵而梦幻，美得像是武器一般具有侵略性。

葵理款款向我走过来，当着所有人的面轻轻握起我的右手，放到如樱花般的柔软嘴唇下吻了一下，他笑着用带着魔性的声音对我说："莫夕音小姐，我最尊贵的客人，欢迎前来。"

大厅里窸窣地响起了各种压低的讨论声，我听不清那些人在说什么，但猜也知道讨论的对象肯定是我。

葵理到底是想做什么？我根本无法去理解这对变态兄弟脑子里装的都是些什么，只能由着他被一步一步带领到大堂中间。我作为时空旅行者不想引起太多人的注视，面对着这么多审视的目光，我只能略低下头不去看那些人，回避眼神交集。

"大家都可以认识一下水国的大祭司小姐，年纪那么轻却有这么崇高的地位，我很欢迎她到蜜亚王国做客。"葵理紧紧地牵着我的手，又问，"对了，水国的使臣高金先生也在吧？在哪里？"

我一听水国的使臣也在，心都吊到嗓子眼了。一直以来关于大祭司的职位我都是听诗泉一个人在说，我也是为了应付他擅自就号称愿意担任，可是水国的官员还并不知道发生了什么吧？原来葵理叫我过来就是为了让我在多国的官员面前被揭穿，好接着处置我吗？

一个中年男子从人群中走了出来，向葵理行礼，说："我是水国的使臣高金，国王陛下找我有事吗？"

"以前没有听你提起过水国还有一位这么年轻的大祭司，你与夕音小姐熟识吗？应该介绍一下才对。"

叫高金的使臣打量着我，看得我心里发毛，等待着被判处死刑的那一刻。

"我与夕音小姐并不熟。"高金说道，"我在蜜亚王国工作了快二十年，那时候大祭司都还没出生，不过我对年轻出众的大祭司也非常敬佩，能见到夕音小姐非常荣幸。"

嗯？高金的反应大出我意料，他竟然也说我是大祭司？！

这是怎么回事？难道诗泉已经将消息传回水国了吗？这么快！

葵理的眼睛带着危险的光芒眯了起来："你们没见过面吧？你怎么

知道她就是你们的大祭司？"

"虽然没见过，夕音小姐是水国大祭司这件事，水国几乎每个人都知道，我身为水国的官员，怎么会无法确认自己的国家除了国王之外最崇高的人？国王陛下是在怀疑什么吗？"

高金不卑不亢的反应让葵理的不悦都写在了脸上。但他没有发作出来，只是转头看着我，浮出毫无笑意的笑容："我当然不会怀疑什么，只是闲聊几句而已。夕音小姐是我亲密的好朋友，我们之间彼此互相信任，是吗？"

我多想把信任这两个字拿出来砸到葵理那张皮笑肉不笑的脸上，不过在这种场合之下，我也回应了虚假的笑容，对着他说："是的。"

葵理冷冷地一笑，又转回头去说："水国的大祭司大驾光临我国，我们国家当然不可以失礼，准备了这个晚宴欢迎。哦，对了，还有我们蜜亚王国的大祭司，不是也应该出来迎接吗？刚才怎么一直没有看到他？"

直到这个时候我的心里才真的"咯噔"了一下。葵理没有那么容易对付，他这么说的意思是不是代表他也在怀疑白尘？可是白尘的伤非常严重，还不知道是不是还在小屋里，能不能躲开剩余的搜捕。他根本不可能来参加什么宴会，不参加的话葵理肯定会借机发难，参加了就更加暴露了他在昨晚受伤的事。

不管是哪种情况，我们都免不了会露馅，一想到白尘将会被牵连进来，我几乎要忍不住牙齿"咯咯"打架。

"大祭司和我一直忙于繁重的公务，才刚刚赶到，请国王陛下见谅。"

一个柔美的女性嗓音在安静的大堂另一角响起，吸引了所有人的目光。蓝叶穿着一身曲线毕露的紫色修身及地礼服，美艳曼妙地出现在众人的眼前。

随后从门外走出来的……是依然像往常一样穿着纯白大祭司袍的白尘！

他竟然真的出现了，我简直不敢相信自己的眼睛。他明明受了那么重的伤，可是却稳稳地走进大堂里，像往常一样俊美高贵，带着和煦的光芒，如同会移动的神灵圣像一般。如果不是他的脸色和双唇还是带着失血的苍白，我简直以为昨晚发生的一切都是错觉，他根本没有受过伤了。

正是因为这样我才更震惊更心痛。白尘明明是受了伤的，正在忍受着巨大的痛楚，可能连站立都很困难，可他还是在硬撑，表现得像是毫发无伤一般，这得有多辛苦！

白尘和蓝叶一路走进来，他只是淡淡地扫了我一眼。我只能让自己冷静下来不要冲动，不要因为担心白尘而露出马脚，紧握的拳头里指甲都快嵌进肉里了。

葵理像是对白尘的到场也有一点意外，不过很快就若无其事地说："大祭司你可迟到了，公务就这么忙吗？"

"是的，几乎脱不开身。"白尘平淡而简单地回答。

"辛苦你了。不过今天的宴会可是很重要的。你也不知道以前被我们关进过监狱的莫夕音竟然是水国的大祭司吧？作为两国同等职务的重要官员，你们可得再认识一下。"

"哦？是吗？"白尘只是对着我客套地略点了点头，"莫夕音小姐的魔法力量非常强大，我并不感到意外。"

"水国的大祭司年轻杰出，我们蜜亚王国的大祭司也是不会输的吧？"葵理说着突然爽朗地笑了起来，根本不像是他的风格，突然状似随意地在白尘胸口靠近肩的地方猛拍了一记。

那是白尘受伤的部位啊！我再也克制不住，一下子冲了出去，正想要抓住葵理的手阻止他，残存的理智还是让我清醒了过来，最终没有继续动作。

白尘只是纹风不动地站着，葵理奇怪地看着冲出来的我，"夕音小姐怎么了？"

"没什么,一直站着我的脚有点酸,累了,能不能坐下来休息?"

本来一直在后面没出声的朱夜突然走了上来,"夕音小姐可是有着强大能力的祭司,怎么会这么容易就累呢?正好两位祭司都在,我想到了一个有趣的好主意。"

我一点也不想听那是什么主意,不过葵理却很买账地挑眉示意让朱夜说下去。

"两国的大祭司肯定都有着无比强大的魔法,相信也一定很想与对方研究魔法方面的心得,不如就在这里展开一个小小的友谊赛好了,看看两位大祭司谁的魔法更强大,也可以让所有客人们见识一下。"

葵理挑起唇角,"不错的主意。"

白尘这个时候怎么可能还使用魔法,我想也不想地断然拒绝:"我没有兴趣。我的魔法不是娱乐用的表演工具,国王陛下和公爵殿下想要看表演可以去找街头艺人。"

朱夜的脸阴沉了下来,"这不算什么过分的要求,连这么点小事夕音小姐都不肯为国王和其他贵客们做到吗?!是不是水国的人藐视我们蜜亚王国的国王?!"

"这里的场地太小,难免会误伤旁人,况且……"白尘的声音中带着十足的压迫感,"我也没有兴趣。如果没有重要的事,国王陛下,公爵,我先告退了。"

"等等。宴会结束再走吧。"葵理制止了朱夜的继续纠缠,上前牵起了我的手,"既然夕音小姐也不愿意的话,我们不要再勉强。"

白尘看着葵理和我交握的手,眼神突然沉了几分,我看到了,我猜葵理也看到了,因为我感觉到了他的得意。

我想抽出自己的手,却被葵理握得更牢更紧。他又高声宣布:"舞会开始吧。我要跟夕音小姐跳第一支舞。"

我皱眉说:"我不会跳舞。"

"有我的带领，你不需要会。"葵理又看向白尘和蓝叶，"大祭司和蓝叶祭司也应该多舞几曲，你们平时工作繁重，应该尽情享乐。"

我才刚想拒绝，已经被一把搂住，被带领到舞池中间迎着音乐旋转起舞。

—— 3 ——

"够了。我真的不喜欢跳舞。"

勉强被葵理拉着跳了半支舞，间隙我总是忍不住去看白尘，看他强撑着身体与其他客人周旋，弄得我心神不宁。没等音乐结束我还是推开了葵理。

只是我的人还没退出去几步，又被葵理的手臂环腰搂住，让我贴向他的身体。

"你一直在看着哪里，是白尘？他似乎也在一直看着你。"

我没好气地去掰葵理的手臂，"那又怎么样，国王陛下请放手，这里可是有各国的贵宾，不要失礼人前。"

"各国的贵宾又怎么样，我不喜欢该属于我的东西变成别人的。"

葵理的手反而越收越紧，让我有些慌乱。

"你想做什么？"

"我对夕音小姐越来越有兴趣了，你简直是我遇到过最有趣最玩不厌的玩具，所以我想要永远拥有你。"

"变态，放……唔……"

我的放手还没说完，嘴唇就被牢牢捕获，堵住了接下来的声音。

葵理在吻我？他又一次地吻我？！而且是在舞池正中，当着所有人的面，那里面甚至还包括了白尘！

我被这突如其来的吻给惊呆了，好一会儿没反应过来，直到意识到白尘正在看着我，才猛力地挣扎起来。

葵理的力量变得出奇的大，我不敢当众使用魔法攻击他，挣了一会儿竟然没能挣脱，只能狠狠地咬向一直掠夺着我的双唇。

尝到了血腥的味道，葵理终于放开了我，用修长的手指去抚摸受伤的嘴唇，唇上流着殷红的鲜血，像是美丽诱人的口红一样，让他的脸显得更加魔性和妖艳。

"你……"我也在奋力擦着嘴唇，气得说不出话来，恨不能用魔法把葵理揍上天花板。

葵理冰冷地笑起来，坦然地面对惊愕地看着这一切发生的众人们，抬高双手说："我宣布，我将会娶水国的大祭司夕音小姐为皇后，加深蜜亚王国与水国的友好关系。"

"哥哥？！"朱夜最先惊讶地叫出来。

而我根本已经丧失了语言功能，只能呆立在一旁，被所有人的视线从头到尾地打量着。

"水国的国王想必也不会拒绝的吧？水国的国王不拒绝的话，想必夕音小姐更加不能拒绝了。"葵理像是猎人盯着猎物一般地看着我。

"为什么我不能拒绝，谁要做你的皇后！"我也不甘示弱地回盯葵理。

"你当然不能拒绝，事关两国……"

"国王陛下，停止你的任性。"

突然有声音打断了葵理的话，让所有人都转过去看他，那敢于打断国王的清朗声音，果然是来自白尘的口中，他像是尊美丽的雕像一般站在人群之中，鹤立鸡群。

"小白……"我担心地叫出口，他不应该参与进来。

"大祭司？你这是在管我的私事？"

"并不是私事，国王陛下。"白尘缓步向我们走来，沉沉出声，苍白的脸上却有着无比强悍的气息，连嚣张不可一世的葵理在他面前都显得像是一个无理取闹的孩子，他目光凌厉地直视葵理，"你也说了，事关两国，那就不是你的私事。国王陛下必须注意自己的形象，这里也不是可以胡闹的场合。"

葵理闻言只是阴沉着脸，朱夜却激动地反驳："你说国王陛下胡闹？！大祭司，你才要注意你的言辞！"

白尘冷冷地盯着葵理，看都不看朱夜一眼："我正是身为蜜亚王国的大祭司，有着监督和指正陛下作风的义务。陛下公然对水国的大祭司无礼，这种行为就是在胡闹。我想带水国的大祭司到神殿休息，停止这场闹剧。"

白尘周身散发出无比强大的气势，还有他的言行，惊得大堂内的所有人大气也不敢出，其中包括了呆滞状态的我。

"大祭司，你现在也足够无礼了，你要带走我的客人？"葵理冷冷说着。

"是。"白尘镇定地走上来牵起还在震惊状态的我，向大门外走去。

"如果我不允许呢？"葵理的眼睛里也流露出了骇人的狠劲，想要上前拉住我。

可是下一秒葵理就停止了脚步，白尘凭空变出了大祭司权杖握在手中，权杖无比华贵，流动神迹一般的光芒。

白尘将权杖猛然往地面一刺，像是整个大堂都为之震动了一般，所有人都不自觉地往后退了一步。

白尘的声音中带着冰霜："陛下不要逼我行使神殿的特权。"

大祭司权杖召唤出来就需要不小的魔法了，明明受伤了却还是强行召唤出来，面不改色地动用了这么大的力量震慑住全场，光凭那一身气势都令人望尘莫及，我心里又是担心又是极度震撼，这就是我的小白吗？

可是接下来我的心情更加复杂，因为瞄到了蓝叶的脸色，已经是一

片铁青……她在愤怒白尘为了我不惜顶撞国王……

当她对上我的视线时，蓝叶那掩藏不住的质疑和恨意，让我通体发寒。

葵理的脸色同样好看不到哪里去，但他最终还是拦下了要继续发作的朱夜，没有再说话，只是阴冷地看着我们。

白尘再次牵住我的手，带我走出大门，这次没有一个人来阻拦，人群还自动分开一条道让我们通行。偌大的宫殿大堂鸦雀无声，目送着我们离开。

蓝叶也快步跟了上来，走在白尘的旁边没有说话。

在这一片低气压的气氛之下，我原本应该心情很沉重，可是同时我也掩盖不住满心的甜蜜，又甜蜜又痛苦。白尘他牵着我的手，带我走出了怪兽魔窟一般的宫殿，那是让我甜蜜到快要融化的事。他身上的伤，未来的路，却又是让我的心脏揪得更紧。

一上了马车我就连忙查看着白尘的脸色，恨不能扒了他的衣服检查伤口。强忍着的眼泪终于可以毫不顾忌地夺眶而出。

因为顾及到蓝叶的同行，我不想透露出白尘受伤的事，所以只是气恼地说："你怎么会这么做，那根本不是你冷静的作风！"

"你总是很了解我的样子。"白尘像是牵动伤口轻咳了一声，又突然像是浅浅地笑了一下，"那你应该知道，我也是会生气的。"

我发了半天傻嘴巴才合拢。当然，我知道白尘是会生气的，他看起来冰冷，内心却是拥有比所有人都更纯正的感情，只是从来不轻易展现出来。现在他在为了我生气，也在为了我微笑。

"小白……"

我克制不住地想要上前拥抱住白尘，却还是停止了动作。一来是顾及到他的伤口，二来还有身边的蓝叶。

我用余光看到蓝叶的拳头握得指节都已经发白，一直在极力忍耐着。她终究还是感受到了我的威胁，可是现在我已经想不到用什么方法去安抚她了。

有蓝叶同在一个马车内，我有许多话都不方便跟白尘说。白尘也没有多说什么，大概是刚冒险使用了魔法，现在已经很累了，开始闭目养神。蓝叶也是定定地坐着，只有拳头一直没有放松过。

这一路都在我的提心吊胆中安静地度过。终于到了神殿的门口，蓝叶抢先我一步扶着白尘下马车，看她紧张的动作，我感觉到她已经察觉了白尘受伤的事，只是也为了他在暗中隐瞒着。

白尘只是淡淡地推开了蓝叶的手，自己平稳地向前走着。他从来都不需要别人的搀扶。

蓝叶被拒绝之后站在原地停了一秒，就侧过头来看我。那眼神就跟千百根针扎过来一样。

白尘一直带我走到神殿偏殿一个洁净的房间中，嘱咐仆人准备好生活用品。

"今天你就先在神殿休息，明天我再看你。"

"你也快去休息……"我担心地看着白尘苍白的脸色，忍不住说，"不然今天不要回住所了，就在神殿休息吧，免得走来走去。"

白尘沉默了一会儿，然后说："好。"

以前白尘也总很依着我的意思，只要不是我在胡闹，他都是看起来很冷静却也很包容地对我说"好"。

过去的白尘，真正的白尘，似乎已经慢慢地一步一步向我靠近。如果不是蓝叶一直像幽灵一样站在后面，我恐怕会忍不住拉住白尘去亲他的脸。

"蓝叶，你回去吧。"白尘在离开我的房间之时顺势也对蓝叶说了一声。

蓝叶的眼神像是失去生气一般死气沉沉，麻木地回答："不，我也留在这里。"

我不敢对上蓝叶的视线，把头侧向了一边，感觉到她和白尘一起离开。

昨天和今天发生了太多的事情，彻夜的逃亡和波折，之后一直没有

睡好，现在一安静下来，我的脑子都混沌成了一片，昏昏沉沉的，已经无力多想什么。就连身上也像是所有的力气都流失掉了一样。

一下子仰倒在床上，我感觉到刚才白尘的气息似乎还停留在我身边，就像是他的人就坐在我身边一样。只要白尘没事就好，以后不管发生什么事我都会跟他一起面对，一起解决。

抱着这样的想法，我又满心甜蜜起来，沉沉地进入梦乡。

直到半夜，我是在第六感的危机中猛然惊醒的。

有人悄然地闯入我的房间，突然用魔法对我发动攻击。我一惊醒，飞速地闪避到了床下，连连躲开了几波攻击。

我喘着气飞快地回击了几个元素攻击，直到打开房间中的灯，我才看到了一直在攻击我的人是谁。

蓝叶！

灯光在她的脸部洒下光亮的同时，也笼罩出了略显狰狞的阴影。她竟然在神殿里攻击我！

我又惊又怒地问："你想干什么！"

"离开白尘！"蓝叶喊了一声，魔法发动得又快又狠，不想给我喘息的机会，让没什么准备的我几乎有些招架不住。

我不想杀蓝叶，也不想激怒她，过去的一幕幕又涌上心来，我只能一边闪避一边吃力地喊："我们的关系并不是你想象的那样！"

"离开白尘！"蓝叶像是根本听不见我说什么一样，每一次魔法攻击都是冲着最致命的要害部位攻击过来。

我只能打开门跑出去，可是蓝叶依然穷追不舍，就在我快要被她的风镰打中的时候，有人一挥手将风镰挥到了一边，在神殿的墙上割下了深深的划痕。

"白尘！"蓝叶带着愤恨叫着来人的名字。

我惊慌地去看身边的人，白尘不知道什么时候也来了，而且负伤为我挡开了攻击。

—— 4 ——

"你们在做什么?"

"白尘!她不是我们这个时空的人,你预言过,她会为你带来不幸,带来灾难!她不能留在这里!"

蓝叶的声音变得有些歇斯底里,我实在太害怕她,听得身体都不由得颤抖起来。

白尘扶起了还在喘气的我,皱眉望向她说:"我不明白你在说什么。"

蓝叶狠狠地看着我们的动作,咬牙说:"你为了她可以公然顶撞国王陛下,明明知道他已经越来越防备你,已经开始不信任你了,却还是一意孤行,你是被什么冲昏了头脑?"

"冲昏了头脑的人是你。私下攻击水国的大祭司,你想被治罪吗?"

"我是为了你好!这个女人才只会连累你!"

"我不需要你来管我的私事。"

"白尘!"蓝叶美丽的双眼中带着绝望的泪光和恨意,"什么叫私事?我们认识了这么多年,你的私事我有少管过吗?我都是为了你好,难道我在你心目中的分量还比不上一个才见了几次面的陌生女人吗?"

白尘并没有直接回答她,而是沉静而郑重地说道:"蓝叶,你今晚的状态不对,必须离开神殿,直到你冷静下来。"

蓝叶带着讽刺地苦笑着:"好吧,我会离开的,我的同伴大祭司阁下,我不会再去管你的闲事。不论你是被什么冲昏了头脑,我都希望你能早点醒来,希望你醒来的时候还来得及。"

蓝叶说完就转身大步地离开,没有回过头。

她这痛快又决绝的背影，让我十分困惑。

在我记忆中，蓝叶是更深藏不露的角色，我一直都拿她当作朋友，白尘也信任她，她一直隐忍着多年来对白尘的爱意与对我们的痛恨，直到最后痛下杀手。

最终我活了下来，白尘却被魔剑刺穿了心脏。

可现在……这一次，她早早就暴露出了对我的不满，这么早就已经变成了敌对关系，大概因为我和她一开始并不是朋友的关系？

看来因为情况不同，最终的发展也会不一样，这也许就是那个什么蝴蝶效应吧？

等蓝叶的身影消失，我松了口气，然后急得快要一蹦三尺高，轻轻摸着白尘伤口附近的位置施展治愈术，一边生气地责怪他："你到底有没有自觉性，你是受了伤的好吗？为什么不好好躺着，为什么还是要一次又一次地用魔法？是要让我担心死吗？"

白尘静静地站着让我治疗，许久才说："也许我是昏了头，我也不明白自己是为了什么。"

"……你，后悔了吗？"我仍然低着头，不敢去看白尘。

"我从来不做让自己后悔的事。"白尘按住了我的手，然后拉近我，在我的额上印下一个温柔的吻。

我再也管不了其他的，深深地拥住白尘，简直希望自己能嵌进他的身体和灵魂里。

可是蓝叶的阴影也一直盘踞在我的心头。在白尘的怀中我侧过头去看她消失的拐角处，心里又唏嘘又忐忑。最想要的和最不想要的结果都发生了，我以后该怎么去面对？

可是出乎我意料的是，接下来的一天，两天，很多天内，都是风平浪静。

他担心蓝叶会再次攻击我，想让我暂时离开神殿，可其实蓝叶再见到我的时候也只是像看到空气一样，眼中从来没有我的存在。

这种平静并不能让我感到安心，反而担心是暴风雨的前夕。时间一天一天地过去，我终于发现了不对。

葵理一次也没有再找过我，同时白尘越来越闲，蓝叶却越来越忙，忙得几乎很少时间能看到她。

这不对劲。

葵理在一点一点架空白尘的位置，不让他处理重要的事务，把权力逐渐转交到蓝叶的手中！他终于要对白尘展开行动了吗？

白尘肯定一早就察觉了葵理的企图，可是他仍然不以为意的样子，相反还对我说难得可以清闲一阵，会带着我一起在街上悠闲地散步。不过想要散步还是挺困难的，民众们永远还是拥护爱戴着他，总是热情地包围着我们。

可是我担心在葵理的阴谋动作之下，接下来白尘大祭司的权力就会慢慢被蚕食而尽，接下来是民望，再接下来很有可能就是生命。

这就是蓝叶所说的清醒过来还来得及吗？

直到我跟白尘在户外遭遇了一次猛烈的暗杀行动后，我更确定了自己这个想法，葵理已经按捺不住想要除掉白尘和我。

这次的暗杀虽然猛烈，却还只是前奏，我们知道幕后主使者是谁，却没办法戳破，白尘还要在他的领地里为他继续工作，这种情况非常糟糕。

只有一个月左右的时间，情况突然发生了变化，葵理召我和白尘一起去宫殿。

我无法预料到等待着我们的会是什么，也许是自己走进了一个大陷阱里。侍卫将我们迎到御座大厅，宽敞无比的大厅里站着许多官员，其中有身着正装的朱夜和蓝叶，正中高高的王座之上是一袭国王礼袍的葵理。

可最出人意料的是，我在人群中看见了诗泉！

之前不是监狱的囚服就是掩人耳目的黑衣，现在的他却穿着一身白

色的正装礼服，佩戴着金色的图腾佩饰。微卷的紫色长发也不像以前那样凌乱，整齐地被一根白色的缎带绑到脑后，更加清爽地露出了堪比精美工艺品的完美五官，整个人像是完全不一样了！秀美的外表却有着成熟帅气的男子气概，让我几乎有些认不出来。

他不是带着千羽凌去水国了吗？怎么又出现在蜜亚王国？时隔一个月他又回来做什么？！而且竟然是直接去找葵理，而不是来联系我，我呆呆地站在入口看着诗泉。

白尘很平静地带领着我走到大厅里面，并向葵理行了礼。

诗泉见到我之后也走到我面前，单膝下跪行礼："大祭司，许久未见，您还好吗？"

"我，我还好……你怎么会来这里的？"

"我是来向蜜亚王国的国王传达水国国王的友好问候，带来了许多水国的礼物，以及迎接大祭司回国。"

"回国？"我终于知道诗泉前来的目的，最后一句才是重点。水国的国王知道我被困在蜜亚王国会发生危险，所以派诗泉做使者迎接我去水国，这样葵理就没有理由再阻止了。

可是我也没有想到水国的人真的会这么重视我这个未曾碰过面的大祭司，看来他们是真的把我视为了国家的希望。我真的能担任起这样的重任吗？

"是的。大祭司，我想您在蜜亚王国这么长时间，一定也想要回国了，而且国家还有许多重要的事情需要处理呢。"

我转头去看了看白尘，他的表情平静如水，只是眉心可能连他自己都没注意到地微微蹙起，我又不禁去看葵理，他端坐于在高高的王座之上，表情有些看不太清。

"既然水国都派使者过来了，夕音小姐可以先回国，欢迎日后再来蜜亚王国游玩。"葵理略带轻佻的声音传来。

他同意让我去水国了，可是我却踌躇了起来。

"您还在犹豫什么？"诗泉看到我呆呆愣愣的反应，不禁有点着急，靠近了压低着声音来问我。

我本来应该对能离开这个鬼地方感到很高兴才对，可是我当然会犹豫，因为白尘还在这里。他能独自应对处心积虑想要除掉他的葵理和朱夜，还有已经变得有点歇斯底里的蓝叶吗？

就算没有他们，我又会舍得离开白尘吗？

想到这里我转身对葵理行礼："我想向国王陛下提出一个请求。"

"什么请求？"

"我作为水国的大祭司，在蜜亚王国游玩学习了几个月，现在也想礼尚往来，邀请蜜亚王国的大祭司一起去水国外交，加深两国的关系。"

"什么？！"最沉不住气的朱夜先叫了起来。

相信所有人都在吃惊我的提议，尤其是蓝叶和诗泉，连白尘也略挑起眉看着我。

葵理懒懒地回答："这恐怕不方便，大祭司要忙于蜜亚国公务，这里需要他。"

"可是这段时间我一直留在神殿，发现蜜亚国的公务几乎都是蓝叶祭司在处理，白尘大祭司一直非常清闲。我想去水国外交一段时间也是公务，对两国增进交流很有帮助，请国王陛下允许。"

葵理沉默了起来，朱夜则不满地看着我。

白尘浅浅一笑，也沉声说："是的，国王陛下，我最近一直非常清闲，也想为两国的关系出一份力。神殿的祭司出游其他国家一向都不必经过国王允许，相信这次国王陛下也不会阻拦。"

"你……"朱夜瞪起了红色的眼眸，看着他吃憋的样子我就在心里偷偷地笑。

葵理出声打断了朱夜的话："神殿的人行动确实不由我来管，大祭司可以出游水国，不过作为外交活动，我决定更加慎重地对待这件事，蓝叶祭司也将同行。"

蓝叶？！

这回轮到我瞪眼睛了。我好不容易盼到了跟白尘一起离开蜜亚王国的机会，为什么她也要同行？

"我非常愿意，国王陛下。"蓝叶很快地就向葵理躬身行礼。

她当然愿意了，可是我不愿意啊！一百万个不愿意！

我皱眉说："可是这样一来蜜亚王国不是就没有人处理神殿事务了吗？"

"蜜亚王国的事不需要水国的祭司来操心。"葵理的声音带着嘲讽的笑意，"我说了会慎重对待这次外交活动。蜜亚王国的两个最高阶位的祭司同游水国，相信水国人民应该都会很欢迎。"

"是的。国王陛下。"诗泉用眼神制止了我想要继续抗议的举动，沉稳地回答。

"那就这样决定了。后天出发吧，我们将为几位祭司和使者举行盛大的欢送仪式，祭司到水国出游为期一个月，希望两国的关系能像你们所说的，更加友好。"

葵理冰冷的声音从王座上传来，说到最后两个字的时候，似乎泛起了一丝恶毒的笑意，听得我背脊一寒。

我知道事情永远不会跟我想象的一样顺利。但不管如何，我看了一眼白尘，他也在注视着我，至少我们仍然在一起。

第三天，我和白尘、蓝叶还有诗泉乘坐着无比豪华的马车，就在浩浩荡荡的仪仗队伍送行中一直到了蜜亚王都最大的港口码头，在无数彩带鲜花的欢送中登上了到达水国的巨轮。

葵理和朱夜一直没有露面，但他们如毒蛇一样的眼睛似乎一直就在天空注视着我们。

第七章
THE SEVENTH CHAPTER
漂浮之国

　　银白色的芦苇非常漂亮，仿佛没有重量一般浮在水面，天然带着微薄的魔力，看起来银白洁净，像洁白的轻盈的羽毛，实在美得有些让人不敢相信。

　　居民居住的苇岛都不是很大，每个苇岛也就三四十户人家，房屋都集中在中间的部位。通常都有十几个苇岛被粗大的绳索连成一片，形成一个庞大的居住群。

— 1 —

大船乘着风势,迎来上船之后第十七个日落之时,浅川河的河面渐渐变得宽敞,水流也变得犹如镜面一般平静,大船行过,也只能带起一点微弱的波浪。

我一个人呆呆地站在船头,放眼只能看见一片无边无际的水面,犹如暂息了波涛而陷入了沉睡的大海。被夕阳染成一片血红的水天相接之处,隐隐可见一团团长出水面的芦苇,在微风中轻摆着翠绿的长叶,散发出旺盛的生命力。

"请不要站在这里,当心着凉。"诗泉不知何时已经站在了我的身后。

他忽然冒出来,我差点就吓了一跳,"没事啦,透透风才正好,不然我简直都要闷死了。"

"真是拿你没办法呢。"诗泉忽然叹了口气。

我发现今天的他和平时不大一样,神态柔软了许多。

他和我一样站在船舷处,微闭着双眼像是感受着从水面吹过来略带着甜味的微风和潮湿的气息。相信他对这片从来不曾有过风浪的美丽国度,一定有着太多的眷念。

"诗泉,水国的另外一边是什么地方啊?"我问道。这里除了水就是水,可又不像海那么深而危险,像是巨大又平静的湖。

在我的印象中,千年后可没有这样神奇的地方啊!也不知道是发生了什么,大概这里在一千后发生了什么变故吧!也许变成了城市,建起了公园、学校、街道……这里的一切,也都消失了。

想到这里，接触到诗泉的目光，忽然有些感慨起来。

"水国的另一边，也是一望无际的水面，但是水的深度超过百丈，除了不可捉摸的恶劣天气之外，还有魔兽的出没。所以我们已经禁止了对那里的探索。不过很奇怪的是，虽然大家一致认为水国的另外一边连接着大海，但是那些侥幸活着回来的探险者们却说，他们一直都只是在淡水里行走，并没有到达海洋。"

"哇，果然是这样。"我转过头，看着眼前这位被风轻轻吹起发丝，目光温柔的诗泉，"可是听说水国并没有岛屿，那难道你们都是生活在船上的吗？"

"祭司大人，我们并不是生活在船上。船对于我们来说只是交通工具。"

"那难道你们都住在水里吗？"

他微微一笑，露出脸颊上两个浅浅的小酒窝，指着船舷外侧水面上青翠的芦苇说道："你看，我们的人民用芦苇秆编织成巨大的草垫，让它漂浮在水面上。我们称它为苇岛，我们就在它上面生活。"

生活在草垫上？

我听得暗暗咋舌，草垫上怎么生活啊，不会沉吗？

要多大的草垫才能浮起成千上万的人在上面生活？不光是人，还有房子、牲畜……还有，芦苇草垫常年浸泡在水中，它的腐烂问题怎么解决？难道水国的国民每年都要编织大量的草垫？

越想越觉得神奇，忽然真的好想去看一看了。

"夕音。"

忽然，有个声音从背后将我拉回了现实。

我转过身去，看到了白尘的长发，在夜风之中轻轻地翻卷着。他一双深邃的眸子衬着宁静的夜色，就似夜空中的星星一般闪烁而深沉。

"已经很晚了。"他提醒说道。

"呃……"我这才发现还真是这样，已经到深夜了，伸手一摸，自己额前的刘海上也沾了一点露珠。

他向前走了一步，抬起手来。

我看到他白皙的手指，轻轻触碰在我的发梢，他的掌心温暖，轻轻拂去了我头发上面的水汽。

我怔怔回过神来，看到站在不远处的蓝叶。

她目光笔直地向我们看来，似有什么从双眼中一闪即逝，接着，她整个人转身离去，身影消失在黑色的走廊通道。我心中涌起不舒服的感觉。上一次的轮回，她是不是也这样看着我们，然后，终于背叛了我们，最终走向了万劫不复？

我退后一步，装作不经意地，轻轻避开了小白的手。

也不敢看他会是什么反应，我拉着诗泉跑了进去。

—— 2 ——

三天之后，我们的船终于抵达了第一座苇岛。

虽然只是一个面积不过篮球场大小的小岛，但还是让我惊奇得彻底忘记了现在是水国祭司的身份，什么尊贵和矜持都抛到脑后去了，船还没有停稳便飞身跳了上去。诗泉急忙紧随身后，见他一副担心的样子，我回头笑了笑，"放心吧，没事的……你们看，这还真的是芦苇编织成的岛啊！"

踩在软绵绵的地面上，我好奇地打量着身边的一切。

"这还真是好玩。"

千羽凌也跟着跳了下来，他比别人都早一步来接我们。

银白色的芦苇非常漂亮，仿佛没有重量一般浮在水面，仔细一看，这芦苇也不是普通的芦苇，大概是这里独有的植物，天然带着微薄的魔力，看起来银白洁净。洁白的芦絮偶尔散落在空气里，像洁白轻盈的羽毛，美得实在让人不敢相信。

我充满赞叹地走来走去，东看西看，突然发现周围的气氛有点不对劲，这才发现原来这座苇岛上除了我们船上的人，还有一些不知所措的士兵。

"啊，原来是个岗哨？"

"对哦。"我点点头，"我们不是坏人啊……"说着又有些不好意思起来，不由得抓了抓头发，我该怎么说呢，我是你们的祭司？这个身份我到现在还觉得怪怪的啊……

谁知道下一秒这些士兵却突然跪了下来，"向大祭司大人致敬！"

啥？我有点呆了。

面对这么郑重的敬礼，我一时很难习惯。虽然来到这个时空以前，我从小长在魔法世家，一直做着类似祭司的工作，但谁也没有这样对我行礼啊！

诗泉倒是没事就对我这个礼那个礼的，但这样双膝跪下的阵仗还是头一次见到，我整个人都要傻了。

该怎么办呢？

"别这样……大家轻松一点嘛。"我干笑了一下。

"不，请接受大家的尊敬。"诗泉走到我的身后，他的神情认真而庄严，"这是应该的，您的身份原本就如此尊贵，是大家的希望，是我们……"

"好好好，我知道了……"我赶紧打断诗泉的滔滔不绝。

从这一刻开始，我以水国大祭司的身份，正式踏入水国的国土。

我们抵达的消息像狂风一样迅速传遍了整个水国。

水国多年灾难，不断受到魔物的侵扰，这个国家等待了很多年，终

于，有从另一个时空来的祭司出现，自然是兴奋异常。

他们的目光透着尊敬与渴望，然而，我站在人前，忽然感到有些寂寞。

水国的国王是一个清瘦的老者，长年的水上生活让他的脸颊和十指稍微有点浮肿。

这可和蜜亚国那对可怕的双胞胎差得远了。同样是国王，容貌就不说了，这个世上能拥有像那对变态双胞胎一样华丽美貌的人，本来就没有几个。但眼前这位国王……排场也有点太寒酸了……

估计蜜亚国随便一个魔法师也要华丽多了吧，看得我都有点心酸起来。

怔了怔，才想起见了国王总要行礼吧，却被国王一把拉住，慈祥地打量着我，说道："大祭司的到来给水国带来了重生的希望，行礼就不用了。"

"国王万岁——祭司大人万岁——"

四周突然响起震耳的高呼，我简直有些手足无措，呆呆地朝身旁望去，只见一望无际的水面上，羽毛一般的小岛，密密麻麻站满了人，高亢的呼喊声犹如水面突然涌起的巨浪一般不绝于耳。

我站在国王的身旁，接受了万民的欢呼。

我下意识地，目光就往白尘那儿望了过去。他也正看着我，就在人群之中，他浓黑的头发如墨汁一般渲染在这茫茫的水的天地之间。他的目光宁静，安稳，像是一幅优美的水墨画。

如雪的芦絮飘散着，随风而去。

他也是一样吧？

不……他一定比我承担得更多，但他就从来没有感到不安，总是冷静而坚持，从来不逃避自己肩上的责任，他和我真的不一样。

诗泉一直站在我身后，向我解释水国的事，一开始还好，听多了我就有点头脑发晕，到最后参加晚宴时，我整个人都头大如斗，快要不行了。

千羽凌的身份当然是保密的，只说是我的朋友，不然可就有点难解释了。

可是水国所有人对白尘都是恭恭敬敬，甚至带着一点畏惧，而他还是像平常一样不喜欢在这种场合说话。

相反倒是千羽凌，离开了蜜亚的权力漩涡，此刻的心情出奇的好，见我紧张，就一直逗我笑。

"这里的芦苇特别神奇啊，我们下次用来做房子，顺着河水漂流，比船舒服多了，想去哪儿去哪儿，怎么样？"他一双眸子在发亮，像夜空的星星。

"不错啊！"我听得非常向往，虽然已经有一大堆事等着我，暂时根本没可能跑出去玩……

我将目光投入外面，却惊讶地发现，那些银白的芦絮，在月光下竟然有着淡淡的光泽，好似夜空的星星一般闪烁着。

苇岛上点起了灯，蜿蜒曲折，和芦絮的光一起，美得好像梦幻一般。

"那些灯，是庆祝祭司来到的仪式。"诗泉好像这样对我说过，可没有在夜晚看，就不会知道竟然有这么漂亮。

我被眼前的景色吸引了，远远的，白尘向我投来视线。

那是有点无奈的目光，却又隐隐带着一点温柔的笑意，好像在说，明明已经是祭司了却还这么大呼小叫的，你也注意一下形象啊！

我回过神来，悄悄冲他眨了眨眼睛。

白尘露出微笑来，这一刻外面的景色都像消失了，明明早就该习惯了他如同雕刻一般的俊美面孔，却还是又一次没出息地看得怔了。真是的……突然就笑了一下，太犯规了吧。

不管多少次，还是会被他的微笑吸引，我也真是没救了。

然而就在我的心脏不争气地跳动的时候，坐在白尘身后的蓝叶平静地向我们望来。

这一刻，我的心又再次沉了下去。

这一路上，蓝叶都安静得出奇，简直如同空气一般的存在，从来不主动现身，也绝不多说一句话。可越是这样我越觉得瘆人，好像下一秒她就会突然爆发似的，越发搞得我心惊胆战，和白尘说话都小心翼翼。

水国的中心，是一个球场大小的精致苇岛——国王的居所也在这里，当然，我也将住在这儿。

没有金碧辉煌的宫殿，整个岛上除了正中间那一片规整的房屋之外，再也没有其他的建筑，衣甲鲜明的卫兵围绕在苇岛的四周，显现出这个苇岛上居住之人尊贵的身份。

而我被繁复的仪式折腾了一整天，终于可以喘口气，就偷偷地脱去了闷热的祭司长袍，换上清爽的短裙，趁着诗泉不注意，一个人从神殿溜了出去。

我可不想被闷死啊！

神殿附近总是被守卫包围着，我实在都服了他们，到底我是大祭司还是犯人呢……到底是该我保护大家，还是整天躲在神殿中被大家保护呢？根本已经本末倒置了嘛。

我的突然出现让卫兵们又惊又奇，一个个赶着来行礼，我实在受够了这些礼节，想到这些人都是诗泉训练出来的，更是头大得不行，怪不得都一样的顽固！

晃悠着来到船的旁边，负责守船的卫兵恭敬地问道："祭司大人，您是要出去吗？"

"我……"

"外面就要起风了，请您还是回神殿休息吧！"刚想开口，诗泉就绷着脸突然钻了出来，这个家伙什么时候发现我溜出来的？刚才明明见他靠着墙已经睡着了。

"请不要让我担心。"他不容置疑的语气让我感觉今天晚上的计划就要泡汤了的时候,突然千羽凌的声音远远地传了过来。

"夕音,我们在这里,快过来啊!"

循声望去,只见千羽凌站在一艘灯火通明的船上,正努力朝我挥手。我一看到他,顿时眼睛都亮了,没想到他还真的弄到这样的一条船,这家伙真是不管在哪儿都这么自在……看得我羡慕极了,只好一脸讨好地看着诗泉。

"诗泉……"

"不行。过了这个时间,除非有紧急的事情,否则祭司岛的船不能离港,这是神殿的规定。而且……你要是有什么危险可怎么办呢?"

"现在我是大祭司,规定我不能改了吗?"

想到这里,我干脆轻声吟唱发动魔法,诗泉看出我的企图,想要阻止却来不及了,我的足尖一点,风魔法随之产生,空气中的气流将我的身体轻轻托了起来,我飞身而起,越过十几丈的距离,轻轻飘落在大王子的船上。

诗泉的脸色有多糟……我已经不敢看了。

可刚上了船我又后悔了,因为不止千羽凌,白尘竟然也在船上!

我跑进船舱,有些愣怔地看着他。

白尘脸上略带着责备的神色,知道他又要拿我水国祭司的身份说教,急忙指着旁边的一个苇岛说:"呵呵,你们也出来了啊,看那里好像很有趣的样子,我们快去吧!"

"夕音。"白尘果然不是被骗大的,站到我面前说道,"现在你已经是水国的大祭司,身份特殊,再也不能像以前那样随心所欲,应该时刻注意你的形象……"

听着他的声音,我只能再一次叹气。知道他绝对不忍心责备我,说

的这些也都是为我着想，不由得心里一软。

从上次来到这个时空开始，他从不认识我，到现在这样时刻都关心我爱护我，这不正是我想要的吗？

现在我们平安到了水国，再也不必理会蜜亚皇室里的纷争，如果小白愿意，我真想和他一直无忧无虑地生活在这美丽的地方。

可是这一切真的能实现吗？

蓝叶冰冷的眼光透过人群的缝隙，如同针刺一般射在我的脸上，将我从幻想的梦境之中疼醒。

不知何时眼帘已经蒙上了一层薄薄的水雾，白尘那张英俊的脸孔在昏暗的灯光下显得更加模糊。

我好想伸手擦去这层隔离在我们之间的障碍，可是我没有动。一种快要失去的感觉，突然在我心里蔓延，让我的每一根神经都开始恐惧着。

小白是放不下蜜亚王国的，我也很清楚，这个国家不能没有大祭司，否则很快便会受到污染，魔物也会入侵王国。所以，即使明明知道那里隐藏着无穷无尽的危险和杀机，他最终还是会回去的，会从我的身边离开，回到那个地方去。

"夕音，你怎么了？"

"啊？没事……"我别过头不敢再看他的脸。

"你是不是太累了？"

白尘伸手想要扶着我的肩膀，却被我再次轻轻地避开，回头的刹那，我看到了他眼中闪过的诧异。

"我们赶快到岛上去吧！"

"不行！"白尘突然打断了我的提议，声音中多出了一丝让我无法抗拒的冰冷。

我回头看着他，他似乎是感觉到我内心的诧异，欲言又止。

"不要这么严肃嘛！"千羽凌笑呵呵地站出来打圆场，"夕音从来没有到过水国，肯定忍不住好奇心，再说我也很想到处走走，就这么决定了，靠岸——"

码头上早就有人认出了我的模样，大概因为我刚来水国吧，很多人对我充满强烈的好奇，瞬间工夫就聚集了一大群高呼"祭司大人"，我一下子头都疼了，热情也是好事，但这样热情可真的有点吃不消啊……

为了早点离开，还没有等船停稳，我就迫不及待地跳了下去。

千羽凌笑了一声，也跟着我跳了下来，白尘却站在船头，一脸无可奈何的样子，我几次看他的嘴角动了动，可始终没有说话。

"小白，你不来吗？"我问。

他只是抿紧了唇，沉默着对我摇了摇头。

"算了吧，这里的人都对蜜亚王国抱有敌意。"千羽凌拍了拍我的肩膀，低声提醒道，"毕竟……水国是长年在蜜亚王国的欺凌之中生存的，特别是现在。"

"哦，那就没办法了……真可惜。"为了不让气氛再沉重下去，我刻意笑得满不在乎，还朝他做了个鬼脸，"那我们先去啦，有什么好东西我会给你带回来的！"

果然是一方水土一方风情。

平民住的苇岛都不是很大，也就三四十户人家，房屋都集中在中间的部位。通常都有十几个苇岛被粗大的绳索连成一片，形成一个庞大的居住群。

在这些有人居住的苇岛中央，专门有一个用来交易的苇岛。各式各样的商品琳琅满目，抛开软绵绵的地面和略带湿意的晚风之外，和蜜亚王国的小集市并没有太大的区别。

但是这里却有很多蜜亚王国没有见过的新鲜东西。

"夕音，快来快来，你来看这是什么？"

我顺着大王子的声音找了过去，原来是一间卖草药的店铺，千羽凌正指着一个东西好奇地打量着。

"这不是亚蓝草吗？有什么好奇怪的？"我问他。

"可是为什么它长这个样子啊，又有红色，又有蓝色？"

"亚蓝草就是长这样，没有什么好稀奇的。"在我自己的时空，亚蓝草是很普通的植物，因为漂亮，所以经常种在路边。

在我们学校，有长长的亚蓝草花道，远远望去仿佛红蓝的幻云一般。

千羽凌大王子见我一点都没有兴趣，不免有点意兴索然，这时店老板走了过来，一脸不高兴地说道："这位小姑娘，你说这东西没有什么好稀奇的，请问你在什么地方见过？"

"这……不到处都有吗？"

话一出口，我才知道说漏嘴了。

亚蓝草在我的时代是用来观赏的花，都让我忘记了实际上它本身也是一种草药。我们生病了都直接上医院，吃药，可在这个时代，治疗病患主要靠魔法，医学还非常落后，何况是贫穷的水国。大家一味相信魔法，草药却是鲜为人知，都没什么人用的样子。

"哼，一个小姑娘，结果这么会吹牛。"

店老板显然很生气，"唰"一下就将手中的亚蓝草提了起来大声叫着，"你要是能找到这东西，再多的钱我都愿意出！"

我十分后悔自己胡乱说话，拽着大王子就往别的地方走去，可是没想到店老板似乎没有要放过我们的意思，蹿出来就拦在我们面前。

"今天你不把话说清楚就别想走！"

"我们又没有说你坏话。"大王子挺身站在我面前和店老板理论，语

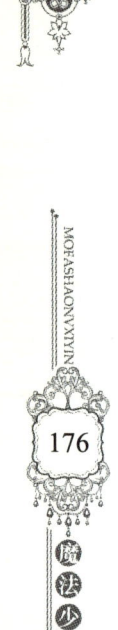

气温和却充满压迫力,"我的朋友只不过说她见过很多这东西,有什么不对吗?"

"说很多就不对!"店老板的声音越来越大,很快就围了一大群喜欢看热闹的群众过来,"你可知道为了这一株亚蓝草,我花了半年时间,差点把命都丢了才千辛万苦地找到,你居然说它到处都是?"

"对不起啦大伯,我给您道歉了!我也就是随便说说……"一见情形不对,我急忙疯狂道歉,幸好暂时没有人认出我来,要不然这热闹就大了。

"不行!"

"那你要怎么样?"千羽凌看店老板不依不饶,也有些不悦了。

"我也不想怎样。"店老板将手里的亚蓝草在围观群众的面前晃了晃,"不是我为难这位小姑娘。既然她说见过很多这东西,那想必也是见多识广。"说着,他转身指了指店里的草药说,"如果她能将我这里的草药的名字和功效都说出来,那我就将这株亚蓝草送给她!"

"哇——真的假的,就这么送人了?!"

人群再次因为他的话而躁动,我却是一脸黑线,没想到这个店老板看起来一副老老实实的脸,却是一个会抓时机做广告的人……"如果她回答不出或者答错,那么对不起,我也就半卖半送,一个金币请她买走!"

店老板说完,示威地看着我。周围的人群上百道目光瞬间都集中在我的脸上。

说到底,还是要卖东西嘛!

而且一个金币这么贵,简直是抢劫!

我本来想多说几声对不起然后溜掉的,但现在被几十个人这样看着,想溜也有点不好意思了。

要是被人认出来,呵呵,水国祭司回来的第一天因为买不起一株草

药而逃掉了，以后我也真的不用混了……我脸皮厚也没厚到这种地步。

"夕音，没有关系，我们买下就是了。"大王子似乎也看出来我的顾忌，说着就要掏钱。

"等等。"

这两个字绝对没有经过我的大脑就直接蹦了出来，不是因为金币，而是仔细想了想，在这个草药没有普及的时代，为什么不干脆利用这一次机会，将草药稍微推广一下呢？

一味依赖魔法是不行的。

尽管我自己就是魔法师，也是祭司，可就算整个神殿的力量也不能帮到每个人吧，想到这里，我在大王子困惑的目光中点了点头。

"我答应你的要求！"

说着，我走到店铺面前，随手拿起一片带着浓重药味的药材说道："这是风杏，可以去寒，能治感冒，还有，这个是绛雪草，可以止痛……"

当我讲出店里所有药材的名字和性能时，在场包括大王子在内，都睁大了眼睛，一副看妖怪的样子看着我。

没有人说一句话，现场只有几十个人浓重的呼吸声。

"哈哈……"

过了好半晌，店老板突然大笑起来，"好好好，我卖了几十年的药材，还是第一次遇到你这样懂药材的人，好啊！"

"这没有什么啦……"

我不好意思地挠挠头，其实这些草药都非常普通……在我们那个时代而言。

我从小学习魔法，也稍微了解过一些而已，而且学校也有教。

"不会吧，这些东西真的那么有用吗？"

"是啊，竟然还可以治病，这明明是要靠魔法才能做的呀，骗人的吧？"

人群中也引起一些议论。

我抬头看了看千羽凌，他的目光有些惊讶，然而那张俊美无比的脸上却又渐渐浮现出微笑来。

"真有你的，败给你了啊。"他轻轻叹息一声。

我也无声地冲他点了点头。

"这些草药是真有作用的。"我说着，伸手召唤出风来，在众人震惊的注视之中，风轻柔地将我们卷至半空，身体悬浮起来，随后消失而去。

"那是大祭司，是大祭司啊！"

不知谁叫了一声，瞬间人群就像一滴水掉进了滚烫的油锅一般炸开了。

我早知道会是这种情形，所以在大家还没有认出我来之前逃了。

但是，我刚才说的话，大家会相信的吧。

刚落地，我就看到了诗泉。

像是大祭司出现的事被传开了，数不清的小船开始向这个岛靠拢，夜晚，只见一片片的船头灯在靠近。

诗泉也出现在我的面前，那张无比漂亮的脸却紧紧地绷着，一脸的不高兴。虽说我才是他的上司，但为什么却是我被管得死死的呢……

"大祭司大人！为了您的安全，请不要随便乱跑！"

"对不起，对不起啦……"知道这下逃不掉了，我只好一直赔笑道歉。

"还有，收好这个。"诗泉说着，将一个小小的香袋放在我的手上。

香袋很精致，白色的绸布上有靛蓝的丝线，在水国来说应该是高级品了。

"这里面装的香料是驱蚊的。"诗泉还是一脸不高兴，不过却亲手将香袋缠在我的手腕上，动作非常轻柔，似乎生怕不小心弄疼了我。

我点点头，水国是在水上，蚊子肯定会特别多，难得他能想得这么细心周到，连这个都准备好了，而我却一直因为觉得不自由而闹别扭……

"谢谢了。"我小声说道。

诗泉一愣，"这是我的职责。"

我忍不住叹了口气，"所以说，我更想你把我当作朋友……"

突然，一股魔力的波动让我产生了警觉。

话说到一半吞了回来，诗泉只能用那美丽的眼睛困惑地看着我。

那是一股若有若无的感觉，像是近在咫尺，又像潜伏在数十丈的深水底下，带着水系魔力淡淡的清凉，还有一种让人难以名状的压迫和冷漠。

周围的人群似乎也被这股魔力的波动所感染，纷纷停下了脚步，止住了声音。霎时间整个夜晚都陷入了一阵让人焦虑的宁静之中。

"哗啦——"

一团巨大的水花，打破了这种宁静，一个巨大的黑影翻出水面，我只来得及看见那条巨大的红色尾巴，掀起一道半人高的浪花，瞬间便在荡漾着波浪的水面失去了它的踪影。

更让我惊奇的是，苇岛上所有人都开始对着水面行礼。

"那是什么东西？"

大王子皱眉，抽出长剑紧张地挡在我的面前。

"大祭司大人，请您不要紧张，这是我们水国的守护神兽！"

守护神兽？

我挠了挠头，再次看了看渐渐恢复平静的水面。魔力波动的感觉已经消失无踪，只留下水面淡淡的波纹和残留在心底那种难以名状的怪异感觉。

原来因为水国的大祭司在很久之前就一直空缺，导致水国长年遭受魔物的侵扰，付出了沉重的代价。

这种情况一直持续到十年前,在水国的领土范围,出现了一只专门攻击魔物的怪兽。这个发现让所有人都欣喜若狂,国王专门派遣了士兵去寻找这只怪兽。

可是怪兽非常神秘,只有在其他魔兽出现的时候,才能模模糊糊地看到它的影子。它从来没有做出过侵扰人们的事情,让水国人对它又是害怕又是尊敬。

时间长了,人们开始习惯了以神兽称呼它,并将它看做是水国的守护神。

像今天这样,在没有任何魔兽的时候突然出现,却是很少发生。

"也许是神兽感受到大祭司的到来,专门来看望您的!"诗泉难得露出笑意来。

我却并没有那样乐观。

虽然那个黑影被称为神兽,它所散发出来的气息也非常的纯洁,丝毫没有邪恶的感觉,可是它始终是怪兽,并没有思维能力,这次突然的出现并不是因为被我所吸引,而是有别的原因。

嗯,这事情还是等明天问一问小白好了,对于这些,他比我了解得要多太多。

第二天一大早,我就被诗泉火急火燎地叫了起来。

我揉了揉睡眼问:"发生什么事情了?"

"不好了,附近几个苇岛的居民一夜之间突然开始发烧,已经有几百人了!"

几百人?同时发烧?!

一股不祥的预感冲上我的心头，急急忙忙地换了衣服随诗泉冲了出去。

大王子和白尘早就在旁边的几个苇岛上忙来忙去，特别是白尘，老远就看见他手中亮起的那团淡蓝色的柔光，清冷而又温暖，那是治愈魔法特有的光芒。

"怎么回事？"

我来到他身边轻声地问。

白尘将手中的病人放下之后，脸上流露出淡淡的焦虑，"这么多人这么大规模同时发病，看来应该是瘟疫。"

瘟疫？

这个可能性让我的心为之一震。

在这个医学并不发达的时代，在大部分疾病都还要靠神殿的魔法治疗，发生在民间的瘟疫可以说是死亡的代名词。有多少村庄都因为这两个字而彻底灭绝。

看似无所不能治愈的魔法，也只限于极少数法力强大的祭司手中，就算是白尘，也不可能在几天之内治疗几百个人！使用魔法，同时消耗的是灵魂的力量，在我的记忆之中，白尘就是为了救人最终导致了自己悲伤的命运。

这种事绝对不能再让它发生了！

可瘟疫的可怕之处，除了它极高的死亡率之外，其快速的传播速度更是让人谈之色变。

就像一只无形的魔手，所过之处，将会是遍地哀鸿！

附近的几个苇岛上，除了病人便是神殿的人，没有感染的人已经被全部撤离到远处的苇岛。

躺在地上的人们都无助地看着我，眼神中充满了期望和绝望。

不！

我一定不会让这样的事情发生!

虽然才到水国一天,可是我有责任去拯救水国人民的生命,这就是大祭司的职责!

黑血症……

应该是这个没错,我很有把握地做出了定论。

这不光是从我查看的病人的身上来做的推断,更主要的是黑血症发病和感染的方式。

黑血症一般都是通过雌蚊子叮咬,而将寄身的病原体传染进人体,在水国,这样的条件想避免都不行。发病的人昨晚大多都曾在外面玩到很晚。

"怎么样?"

小白和千羽凌看我一脸沉重,都来到我身边询问。

"虽然不是特别可怕的瘟疫,可是如果不及时处理,后果也不堪设想。"

也许是我在白尘面前从来没有表现得如此慎重,他居然没有提出质疑。毕竟在这方面他比我要经验丰富太多太多。

"那到底有没有办法?"千羽凌也一脸的焦急。

"白尘大祭司,"突然水国国王的声音从背后响起,"您作为我水国的贵宾,怎么能让您到如此危险的地方来?请快回去吧!"

我们对国王行了礼,白尘看了看我,平静地说:"现在救人要紧。"

语气很平淡,然而他的声音却带着坚决。

国王有些惊讶,没有想到蜜亚王国的大祭司居然会主动帮助水国。

"可是,我不希望您因为这件事而受到贵国国王的责备。"

白尘只是摇了摇头,"我不能坐视不理。"

国王不再说话,默默接受了他的帮助,现在这样的情况,能有他的帮助,水国安稳度过这次灾劫的希望大大增加。

"夕音大祭司,不知道有没有想到方法?"国王将目光转向我。

我一时哑然,可是说真的,虽然知道了是黑血症,在我的那个时代,治疗黑血症也只是非常简单的事情,只要上医院打针休息几天就行了。

但现在的情况,光是靠我和小白两人,就算能治好眼前的几百人,又怎样去防止感染的扩大?

要知道,这一次黑血症的传染体并不是病人的接触,而是水国里无处不在的蚊子!

可恶的蚊子!

"更好的办法暂时没有,这段时间尽量不要将身体裸露在外,防止蚊子的叮咬,所有的苇岛上都要放置驱蚊的香料,能有多少放多少。"

国王凝重地点点头,在护卫的护送下离开了。

我迫不及待地要开始给病人治疗,然而,白尘却突然一把将我拉住。

"不行,你不能这样做。"

我茫然地抬起头看着他,不知道为什么他要阻止我。

"不到万不得已,你不能过度使用魔法!"他的声音仍然冷静,可眼中流露出来的是炽热和不舍。我瞬间就明白了他的心意。

我的魔力和哥哥给我的时空之钻联系在一起。

平时用一些小魔法没关系,但过度使用,等魔力耗尽的那一刻,便是我离开这个时空,回到原本世界的时刻。

我能来到这个时代,本来就是有时限的。

白尘的手紧紧地抓着我,我能感受他心里的痛苦和矛盾。

但是,我能放下水国的人民不管吗?

我轻轻地摇摇头。

"想救这些人,光靠你一个人的力量是不行的!"

"那也要试了再说。"

白尘并没有和我争辩什么,叫人将比较严重的病人聚集在一起排成两排，然后默默地念了咒语。

只见他白皙的十指之间突然生出一片璀璨的光华，魔力在空气中荡漾，形成一片蓝色的波纹。

这些波纹同时洒在十几个病人的身上，很快，他们的脸色就开始好转，肿大的头部开始恢复原状。

这是……大型的治疗魔法！

这种魔法极为消耗魔力，虽然只是十几个人同时治疗，就算他再厉害，也不可能连续使用。

看着他微皱的眉头，我的心开始微微颤抖。

他这样做，只是想要我留在他的身边吗……

他做的，也正是我所渴望的事。

然而我真的能够永远留在这个时空吗？时空之钻中的魔力总会有耗尽的一天，而且就算我能留在这个时空，和他也是天各一方，我不可能再回蜜亚了……

矛盾的心情充斥了大脑，这样的结果到底会是幸福，还是痛苦，我不知道。

"夕音，难道除了魔法就没有别的办法了吗？"

千羽凌也知道白尘这种做法无疑是杯水车薪，他仿佛明白了什么，担忧地看着我。

"不，有办法……"我咬牙摇了摇头，努力让自己冷静下来，"我们可以试着用草药。"

"草药？"他眼睛一亮，还没等我把话说完，人就已经转身上了船。

我们来到卖草药的苇岛，敲开那个老伯的门，还没有将来意说完，老伯就将我们领进了他的仓库。

青蒿、常山、草果、柴胡、鸭胆子、毛茛、阿魏……还有昨天的亚蓝草，只要是能用上的，我都叫人统统搬上了船。

"夕音,这些草药要怎么用?"

看千羽凌这样积极帮忙,我不由得有些感动。

我让人抬了十几口大锅就地架了起来,然后将草药分好放进锅里。大王子除了帮忙分草药,还主动担负起烧火熬药的工作。

虽然我稍微用了一点魔法,可是要同时保持十几口大锅的火不熄灭,也不是一件容易的事情。不一会儿,我们两个就弄得灰头土脸,脸上都是一块白一块黑的。

神殿的护卫们把熬好的药先喂给病情严重的几百人,然后又按照我教的方法,在附近几个苇岛上也开始熬药,让周围那些没有发现症状的人也一人喝了一碗,以防止那些潜伏的患者发病。

当我们熬了第三轮药的时候,时间已经过了中午。

那些喝了药的病人已经开始出现好转的迹象。国王闻讯赶来,丝毫不掩饰眼中高兴的神色,安慰了一遍病人,又发动水国的年轻人和士兵一起,在药铺老伯的带领下四处采集所需要的草药。

然而我并没有感到轻松。

"虽然暂时控制了疫情,可是如果没有铲除根源,那今天这样的事情还会再次发生的。"

显然诗泉和我有相同的想法,轻声说道:"让我调查清楚疫情产生的原因。"

"不用了!"我摇了摇头,"我大概知道病源在哪里……"

"什么?"大家露出震惊的表情。

"那,我和你一起去!"

白尘的神情突然变得很紧张,或许他从我的神色中看出了什么。但是我却不能让他和我同行,因为如果我猜测得没错,这次的灾难,一定和蜜亚的那对双胞胎脱不了关系。

美丽而狠毒的双生子,果然不会就这样轻易放过我们。

为了避免他和双子之间再产生更多不必要的纷争,所以谁都可以去,唯独他是例外。

"为什么?"白尘的声音沉了下来,他定定地看着我。

"小白,相信我好吗?"我对他郑重地点了点头,"况且你刚刚使用魔力过度,现在需要好好休息才是。"

"不需要。"他冷冷地打断了我,按住了我的肩膀,逼迫我不得不正视他的眼睛,"除非你告诉我原因,从离开蜜亚,你就一直怪怪的,这是为什么?"

"没有什么原因。"我推开他。

是的,离开蜜亚之后我就一直在下意识地逃避他。但那是有原因的,因为……蓝叶一直都在。

可这一切又该怎么跟他解释呢?要怎么说,这一切都只是为了保护你……

"大王子会和我去的,有他在就够了。"我脑子一团乱,只能向眼前的千羽凌求助。

原本在我和白尘说话时,他已经想要走开,这时突然被叫了名字,有些茫然地转过身来。

我只能用拜托的目光看着他。

而白尘的目光一直沉默着注视着我。我已经不敢抬头,不敢去看他现在是什么表情。

"走吧……"我低着头,拉着千羽凌的手就往外跑去。

第八章
THE EIGHTH CHAPTER

守护神

看着手中已经半透明的时空之钻,我无法不感到犹豫。可是如果就此停下攻击,要么神兽会远远逃走,让我们再也找不到它,我们这些人将全部成为它腹中的粮食。

正想将所有魔力引导出来,突然间天空亮起一道白色的光,一个人影犹如天神一般出现在我的面前!

那……是白尘!他果然还是来了!

—— 1 ——

我们乘着小船,开始了找寻病源的行动。

如果我猜测得没错,昨天晚上看见的那只水国的护国神兽和这次的事情脱不了关系。世上不会有这么巧合的事,刚好它出现了,刚好黑血症也出现了。

只是没想到,双子的毒手竟然能如此快速地就伸到了水国的最深处来。

宁静的水面没有一丝风,就算是大白天,躲藏在水草中的蚊子在感受到小船的到来之后,像疯了一样四处乱飞。

这可是比昨天看到的夸张多了。

水国虽然蚊子多,但眼前这种恐怖的场景却从未出现过,那嗡嗡乱飞的黑影,黑压压一大片,如同乌云蔽日,散发着一股末日般的不祥气息。

我和千羽凌都提前喝了药水,所以暂时不用担心会被蚊子叮咬。但时间很有限,当夜晚再次降临的时候,疯狂的蚊子会再次布满整个水国的空气之中,将黑血症的病原体带给那些无辜的民众。

如果不及时将病源清除,那水国即将陷入可怕的毁灭。

然而我只能顺着微弱的魔力去寻找,因为从来没有人知道那只神兽到底住在什么地方,或许它根本就没有固定的巢穴,所以一切都只能靠运气。

天近黄昏。

漫天的云霞给水面铺上一层绚丽的色彩，大王子还有诗泉都站在小船上，被夕阳镀上金色的边。

他们不想打扰我，所以一直保持着沉默。

离开水国最外围的苇岛已经有差不多一个小时，但是守护神兽却没有半点踪影。

时间渐渐过去，夕阳渐沉，很快夜晚就要到来。

我知道，天黑之后，搜索将变得加倍困难。

如果今晚没能解决，那么明天又会出现大量的病人，草药只能勉强支撑下去，很快就会不够用的。

到那个时候，就必须要靠我和白尘的魔法来解决。

不管是消耗白尘的魔力与灵魂，还是消耗我留在这个世界的时间，哪一个我都不要。

如果是在一千年后，有可靠的医院，也可以使用魔晶石，根本就不用这么辛苦。

"拜托了……"

我下意识地捏紧了手中那小小的宝石，暂时不管那么多，最大限度将感知范围放到最大。

四周的魔力涌向身体，宝石在我的手心里微微发着烫，我由于过度紧张，额际都已经渗出了冷汗。

忽然，温暖的感觉从后面包围过来，一件衣服轻轻地披上了肩膀，我回头一看，却是千羽凌沉静的眼神。

他从来都是这样。

被夺取了本该属于自己的王位，最后流落异国，也从来没见他表露出多大的不甘与悲伤，他永远有着笑容，似乎再大的挫折也不能将他打倒。他是这样的乐观，温柔，又坚强。

被这样的他注视着，令我也渐渐地沉静下来。

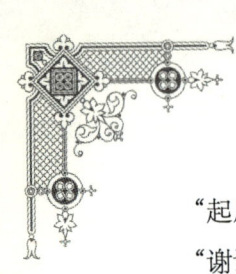

"起风了。"他轻声说。

"谢谢……"

我深深吸了一口气,还想说什么的时候,魔力的波动突然闯进了感知范围之内。

"找到了,在那边!"

随着我的一声大喊,所有人都振奋起了精神。诗泉准备好武器,将我护在身后。

或许是感受到陌生气息的靠近,巨大的怪兽顿时显得焦躁不安,我能轻易感觉到它内心的恐慌和愤怒,还有冰冷的杀意。

没有任何预兆,一圈巨大的波浪在平静的水面荡起,借着夕阳的光辉,我们清楚地看见一个巨大的黑影潜伏在水面之下,以极快的速度朝我们的船冲了过来。

"大家小心……"

我话还未落音,就听"砰"的一声巨响,巨浪当头袭来。

诗泉将我按在船上,却连一秒钟都没有犹豫,冲上前去为我做了肉盾!

尖利的爪子直刺他的身体!

"不——"

在我的惊呼之下,诗泉一个侧身避开攻击,随即掉入水中。

水国长大的他,入水后丝毫不慌,而是灵活地再度向我的方向游来。

他已经落水,却还想要过来保护我!

水波惊起,怪兽巨大的身影再度一撞,另一艘小船首当其冲,船头便犹如朽木一般碎成了无数的碎片,士兵们掉进水里,挣扎着朝旁边的船只游去。

船只的碎片漂浮在水面,迅速地化成了黑色的粉末融进水中。

不好,是魔法!

我来不及细想，身体漂浮而起便朝正在奋力游来的诗泉冲了过去。还没等我到他的身边，只见怪兽犹如凶神一般地张开巨嘴"哗啦"一声冲出了水面，落水的士兵来不及躲避，连惨叫都没有发出一声，便被拖进了水里。

片刻之后，水下升起一股股鲜红的血水。

"诗泉，快把手给我！"

危机之中来不及细想，我一把抓住诗泉伸过来的手就往上浮去，没想到看起来斯文秀气的诗泉，加上身着的盔甲竟是如此沉重，我几乎用尽了所有的力气，才勉强将他拉出水面。

"它又来了，快让开——"

千羽凌一声大喝，手中的剑如同闪电一般插向我身下的水面，同时怪兽的大嘴也冒了出来，对着诗泉的腿张口就咬。千羽凌的剑不偏不倚，正好刺中它的一只眼睛。

"呜……"

神兽怪叫一声沉入水中，留下几股淡绿色的血液。我拉着诗泉落在了船上，紧张地注视着周围的动静。

"这就是所谓的水国神兽吗？"看着眼前这巨大的狰狞的怪物，我只能苦涩地自嘲起来。

"以前就算是我们的船从它身边游过，也不会伤害我们一丝一毫，它一直在守护着我们，为什么变成这样！"诗泉咬着自己的唇，有些痛苦地看着我。

"那是因为……"说到这里我声音哽住了，变得支吾起来，"是因为魔法的关系……"

我知道包括诗泉在内，水国所有人都将它看作神兽，那晚它突然出现，很多人第一反应就是向它行礼。

然而事实并非如此。

它的身上有魔法反应，这只庞大的怪物早就被魔法控制了，而且这种魔法应该来源于蜜亚。

双子那艳丽而冰冷的脸孔忽地又从脑海中浮现。

哪怕已经远远地逃离了蜜亚王国，只要想到他们也仍然让我心里发寒。

这只怪兽在来到水国之前就已经被他们所控制，并不是在守护水国，而是一颗随时可以引爆的炸弹。

如果把真相告诉诗泉，他们会有多失望呢？

"神兽是因为被人施了魔法，所以才会变成这样。"我想了想，最终还是决定保守这个秘密，"它的身上带着黑血症的病源，我们一定要抓住它，然后解除它身上的魔法，消灭病源。"

诗泉听过之后，缓缓放松了紧张的神情说道："那就好。"

可是只有我知道，这样一只怪兽到底有多大的力量，而且这还是在水中，可悲的是，就算人类有再高的天赋，仍旧无法可以在水中和它相提并论。

"诗泉，你去安排人马上准备大网，我也休息一下，等我把它引过来的时候，一举将它抓住！"

我不得不豁出去了，靠我一个人的力量，在这渺茫的水面之上，怎么也抓不住这个水中的巨灵，只有靠最原始的捕猎方法。

而且胜败在此一举，如果失败，它将会带着病原体逃之夭夭，成为一个巨大隐患。

诗泉的动作很快，片刻以后，十几艘船已经围成了一个大半圆，将粗实的渔网沉入水中。

诗泉来到我的面前，将手指割破，让血流入一个杯子。

明白了他的意图，我默默地吟唱着，让杯中的血腥味发散出去，再让它缓缓沉入湖底。

它很快就会上钩的。

刚才千羽凌一剑刺伤了它的眼睛,他一定会出来报仇。

时间一秒一秒地过去,血的腥味已经在魔法的催动下迅速向四周散发,平静的水面下各种各样的鱼儿因为感觉到魔力的流动而疯狂地四处奔逃,在水面之下形成一道道迅疾的暗影。

—— 2 ——

太阳就要完全落下,黑暗将笼罩这个世界,我知道等最后一丝阳光消失在水平面的时候,便是神兽发动复仇攻击的一刻。

千羽凌站在我的身侧,目不转睛地盯着水面的动静,温暖的大手却紧紧地按着我的肩膀,似是在安慰我紧张的情绪。

这是只水系的怪兽,可是被植入它体内的病源却是暗系,两系的魔力叠加在一起,具有恐怖的腐蚀性和穿透力。

所以我们布置下的渔网最多只能困住它很短的时间,在这短暂的时间之内,我必须先压制住它本身强大的水系魔力,然后迅速解除它体内的病源。

守护神

这说起来简单,但实际的难度只有我自己清楚,要在极短的时间内将宝石的魔力转换成两系的魔法,这是我从来都不曾挑战过的事情。

要是……白尘在这里就好了!

"来了!"

诗泉低呼一声,高高地举起右手,船上的士兵们也抓紧了手中的绳索。

"呜……"

神兽怪叫一声从水面蹿了起来,露出了漆黑的背脊和火红的尾巴。

"收网！"

诗泉一声令下，士兵们快速拉起了手中的绳子，巨大的渔网从水底将神兽拉出水面。

就是现在！

我轻喝一声，魔力汹涌而出，神兽身边翻起的巨浪以及半圆之中的水面瞬间变成了坚实的土墙，一个透明的结界将怪兽困在其中。

可是没有想到，这只怪兽的力量远远超出了我的估计，只轻轻地扭动了几下身体，便从结界中挣扎而出，在临时形成的地面上疯狂挣扎。

这时我们才看清楚它的真面目，竟然是一只像鳄鱼一般的怪物，只是周身都覆盖着厚厚的鳞甲，除了巨大的尾巴之外，四只爪子也是鲜红得耀眼。那只完全张开足可吞下一只小牛的大嘴，露出了锋利的獠牙！

"上！"

诗泉一声令下，抽出腰间的长剑便跳下了船，士兵们在他的带领下，纷纷掏出武器冲了过去。

"啊呜——"

神兽趴在地面，警惕地注视着冲过去的士兵，巨大的嘴里不时吐出一团团水球，将几个士兵冲得东倒西歪。

诗泉最先冲到神兽身边，长剑对着它的脑门就刺了过去。

只听"当"的一声，诗泉的长剑折成两段，而神兽的头皮也只是被他戳了一个小小的血洞。

神兽巨大的尾巴一摆，扫中了诗泉的腿部，诗泉被扫得腾空而起，重重地撞回到船舷上，张口就是一口鲜血喷了出来！艳红的血从他雪白的肌肤上划过，衬得触目惊心。

"诗泉！"

我急切地跳了下去想要扶他，却被他一手挡了回来，"赶快抓住它！"

就在这说话的短短时间内，又有三个士兵被神兽的尾巴抽得当场吐血晕了过去。情形容不得我有丝毫的犹豫，魔力疯狂流出，神兽四周顿时火光四射，火红的火苗犹如烈火地狱被召唤至人间。

怪兽被炽热的火焰烧得四处乱爬，横冲直撞下，又有几个士兵遭殃。而当我正准备用魔法将它束缚住的时候，它那双墨绿色的大眼突然直直看向了我。

不好！

我正准备抽身避让，可没想神兽居然在地上仍有如此快的行动速度，当我脑海中避让的念头刚刚升起，巨大的身影就已经来到我的眼前。

带着浓浓的焦糊味，带着残酷无情的杀意。

难道就要这样结束了吗？

我已经看见从神兽锋利的獠牙缝隙中喷洒而出的水团，那不是一般的水团，而是带着强大水系魔法力量的水球。穿着盔甲的士兵被这一团水球击中也是倒地不起的后果，何况我还只穿着一件单薄的长袍。

"小心！"

两道人影同时冲了过来。

诗泉一把将我推开，却被神兽吐出的水球打中胸口，只听他一声闷哼，整个人像风筝一般飞出去，掉进了水里。

千羽凌抱住我的肩膀，将我藏在他的身后，只是关切地看了我一眼，便捡起地上士兵遗落的长剑，对着再次扑过来的神兽冲了上去。

"不，危险！"

虽然千羽凌剑术高超，可是面对的终究是如此巨大彪悍的怪兽，普

通的铁剑根本对它造成不了太大的伤害。他这样冲上去，无疑只会是白白牺牲！

我来不及想任何事情，咬牙站起来，一下子挡在了他的前面。

顾不得那么多，我默默吟唱着咒语。

这个时代充沛的魔力让我可以使用更高级的魔法，高阶火系魔法的咒语，在我双脚落地的时候，昏黑的天空被我召唤而来的无数火球照得一片通红。

同时，被我握在手心里的时空之钻也剧烈发烫起来。在一瞬之间，随着魔力的消耗，它已经变得半透明了！

无数流星一般的火球带着炽热的温度打在怪兽的身上，让凶猛的神兽抵受不住火焰的高温，终于一点一点开始后退。而它体内的暗系病原体也在开始蠢蠢欲动，一个似有若无的黑色球体，已经在它的皮肤下面四处窜动，仿佛想要冲破它厚实的皮肤，破体而出。

可就在这时，我突然感到魔力的流动稍微一滞，魔法突然中断。

天地间瞬间变成一片黑暗，怪兽粗重的呻吟声猛地变成了震耳的怒号。

"不好，快退到船上！"

由于魔力的凝滞，脚下的土墙也开始慢慢沉入水中，神兽巨大的尾巴往地上一摔，就听得"扑通"几声，已经再次回到了水里。

我喘着气，感到一阵眩晕。

看着手中已经半透明的时空之钻，我无法不感到犹豫。可是如果就此停下攻击，要么神兽会远远逃走，让我们再也找不到它，以后继续在这片水域散播瘟疫，要么它愤怒地反击，我们这些人将全部成为它腹中的粮食。

两种结果都会给水国带来巨大的灾难和损失，可是万一时空之钻中的魔力耗尽，我便要离开这个时空。

到底该怎么办？

"不好！"

正在我犹豫不决的时候，千羽凌突然一声轻呼，我只感到他猛地将我抱起，然后便两耳生风，接下来我们两个便重重地摔在了船上。

神兽巨大的黑影犹如从地狱而来的魔神，昂然傲立在我们面前。

是我大意了！

我没有想到怪兽居然没有遁入水中，而是趁我由光明转入黑暗而造成的视觉模糊的短短时间，再次对我发动了攻击。

"夕音，你怎么样？"千羽凌关切地问道。他仍然如平常一般的平静，可是从微微颤抖的声音中，我知道他刚才一定受伤不轻，只是他不会让我看到他的伤。

"我没事。"

我咬牙切齿地站了起来，彻底被惹火了，该死的怪物，本小姐今天不和你来个你死我活，我就名字倒着写！

我长长地深呼吸，闭上了眼睛。

时空之钻再度在手心中发烫。

空气中的魔力也随着低声的吟唱蜂拥而至，没有时间让我犹豫了！

正想将所有魔力引导出来，突然间天空亮起一道白色的光，一个人影犹如天神一般出现在我的面前！

那……是白尘！

他果然还是来了！

强大的气流带起狂乱的空气，他的头发被卷起，在黄昏与夜晚的交替之中，发间犹如染上月亮的光屑，明亮的眼眸之中，带着一股怜悯般的温柔。

我几乎是看呆了，心脏都要为此而疼痛起来。

随即，一道火龙从水面腾升而起，将神兽裹了个严严实实。

刚刚还不可一世的神兽就像一只被绑在火刑架上的祭品，除了撕心裂肺的惨嚎之外，竟然没有任何的反抗和逃避。

只用了片刻工夫，巨大的躯体便被烧得一干二净，只剩下一片灰烬，散落在水中。

"你为什么要出手？杀了它，葵理不会放过你的！"我急了，用力抓住他的衣袖。

他回过头，仿佛没听到我在喊什么，而是从头到脚将我打量一遍，"你没事吧？"

我几乎冰凉的手掌紧紧握在他的手中。

一股温暖从他手心里传了过来，挡去了稍嫌冰凉的夜风。白尘就站立在我眼前，站在恢宏的天地之间，苍茫的暮色之下。

他那双明亮如水的双眼，几乎驱走了所有的黑暗，给这时间带来了永恒的光明。

"祭司大人……"

诗泉的声音召回了我已经漂游天外的思绪，让我猛然清醒过来。

"那是什么？"

怪兽燃过的灰烬之中，有一团黑色的东西在慢慢地朝水里蠕动，要不注意去看，在这夜色中还差点被它逃走。

我走上前去，看着那团犹若橡胶团一般的东西，上面散发出冰冷而且邪恶的魔法波动。

一定就是这东西附身在怪兽身上，双子才能一直控制着它，并且最后让他成了这次黑血症的病原体。

"祭司大人，要怎么处理这东西？"

诗泉握着长剑，紧张地注视着那团邪恶的物体，眼中散发着刻骨的仇恨。

就是这东西让水国已经有几千人正遭受着病痛的折磨，而且尚且还不知道在这片干净的水面之下，还有多少沾上了病原体的蚊子，在这黑夜的掩护下，准备向更多人发动攻击。

我没有处理这些事情的经验，便朝小白看了过去，希望能从他那里得到帮助。

可就是这短短几秒的耽搁，那团黑色物体已经蠕动到水的边缘，眼看就要滑进水里。

"大祭司，它要逃走了！"

诗泉焦急地大喊一声，见我和小白都愣着不动，便一剑劈了下去，将黑色物体劈成了两半。

"住手——"

白尘的声音还未落，耀眼的光芒突然从被劈成两半的黑色物体中四射而出，将周围照得雪亮。强烈的光线让丝毫没有准备的众人短暂失明，我也只能焦急地等待着视线恢复的时刻。

"诗泉！"

千羽凌第一个冲了过去，但只跑了几步便停了下来，接下来便是我看到了诗泉那单薄的背影。

"诗泉！"

我也跑上前去，却被千羽凌一把拉住。

"不要去动他，他现在很危险！"

我诧异地看了看千羽凌，又看了看诗泉纹丝不动的身体，却没有感到任何危险的气息。

"你没事吧？"我反复问着，却没有得到任何回答。

四周突然陷入一片死寂，连虫子的鸣叫此刻也全部消失不见。

"诗泉……"

感受到气氛不对，我不由得担心起来。刚才强光照射的瞬间，我似

乎听到了他轻声的闷哼。

大王子所说的危险，该不是诗泉已经遭受到了什么不测？

"祭司……大人……"

诗泉终于开口讲话，可是他的声音却是那样的微弱和颤抖。

"你怎么样？"

"请你不要过来。"他轻轻地转过头，沾满了鲜血的脸上却是带着温和的笑容。一柄漆黑的匕首深深地插在他的胸口，鲜血顺着伤口的边缘不停地在向外喷着。

"诗泉！"

我大叫一声冲了过去，将摇摇欲坠的他一把接在怀里，眼泪早就忍不住夺眶而出。

"祭司……大人，我很高兴……能够和你一起度过……这些快乐的日子……"

"不，你不要说了！"

我顾不得擦拭脸上的泪水，拼命地捂住他的伤口，企图不让更多的鲜血流淌出来。

"我知道……我就要死了，大祭司，我……"

"不……你不会死！"

不可以！我不允许！不可以……

我猛地抬头："小白，快想想办法救救他啊！"

白尘慎重地走了过来，仔细地查看了诗泉伤口，然后陷入了沉默。

怎么会这样？

我只感到大脑一阵轰鸣，到底是谁设下这么毒辣的计策，让我们在成功的边缘又突然遭受到致命的打击？

双子！

一定是他们！

两个绝美的脸孔浮现在我的脑海中，仇恨的火焰让我恨不得马上回到蜜亚王国的皇宫，将那两个邪恶的家伙烧成一团灰烬。

"夕音，夕音！"

千羽凌抓住我的肩膀，拼命要让我冷静下来。

看着已经意识模糊的诗泉，和他认识以后，所有的回忆都涌向脑海，我的胸口一阵剧痛，却呆呆地没有流出眼泪，"难道就没有任何办法了吗？"

我只能向他求救。

"我知道你一定有办法的，对不对？"

我不能放弃任何一个可以救回诗泉的希望，哪怕是要献出我的时空之钻，或者我的生命。

"夕音——"

白尘长叹一口气，凝重地看了我半晌，这才缓缓地说："办法是有一个，可是太过于危险。"

"我不怕危险，你快告诉我该怎么做？"

"他是被附有黑魔法的匕首所伤，幸好没有直接命中心脏。黑魔法有很强的腐蚀性，这种具有吞噬一切生命的魔法，只有水魔灵可以克制。但是要召唤水魔灵，我怕……"

"让我来！"没有让他说话，我连想也没想就大声说道。

白尘静静地看着我，最终只是点头，"如果这是你的决定，那么，好吧。"他轻声对我说，"听你的。"

神殿中，诗泉被平放在床上，已经为他止住了出血的伤口，可是附

着在匕首上的黑魔法实在太厉害，现在伤口的周围已经变成了可怕的黑色。

他原本红润的脸此刻也是苍白无力，紧闭的双眼和紧咬的嘴唇，都在诉说着他正承受着巨大的痛苦。

房间所有的窗户都被密封起来，一个小小的临时祭坛被搭建在房间的角落，一个大盆盛满了清水，被放在祭坛之上，等下我就要从这一盆水中将水魔灵召唤出来，吞噬掉美少年胸口的黑魔法，然后在水魔灵将美少年吞噬之前，再将它赶回去。

过程说起来很简单，可是其中的危险我却非常清楚。上次在蜜亚王国，小白召唤出火魔灵的时候，我们两个合力才将它压制住。

虽然水魔灵没有火魔灵那么狂暴，可是水魔灵却有着悠长的战斗力和火魔灵无法比拟的狡猾。而且它可以借着哪怕是一滴水躲藏起来，如果我将这一滴水忽略掉，将遭受的便是突如其来的致命打击。

白尘去别处负责寻找必要的东西，我被留在神殿的外面静静休息，恢复体力以便迎接即将到来的战斗。

千羽凌静静来到我身后，和我一同看向倒映在水中那昏黄的灯光。

"夕音。"

他温和地叫着我的名字，已经脱去了青色的外衣，同时包好了伤口。

我这才看见，在和怪兽战斗的时候，为了保护我，他腰部也受了伤，血从纱布中渗了出来，一定是伤得不轻，可我却一直到现在才发现，一路上他都在强忍着疼痛没有吭声。

"千羽凌，谢谢你……"

"这点伤没有关系的。"他对我笑了笑，"你永远不需要对我说谢谢。"

还有一点时间，我们坐在神殿的地板上，为了放松便闲聊起来。

"为什么来到这个时空？"他问我。

至今为止，我已经好几次被人问到这个问题了，每次我都一点不犹豫地回答，自己是为了白尘。

为了保护他，改变我们的命运。

可总有各种各样的事情发生，不断阻挠着我，试图将我们分开。到现在我莫名成了水国的大祭司，别说和白尘好好恋爱了，连喘口气的时间都没有，还要和魔物怪兽缠斗，不断地奔波。

"怎么了？"仿佛看出了我的困倦，千羽凌用手撑住了我的肩膀。

"我觉得有点累了。"我叹息着，"有点想休息一下。"

"那就休息啊。想什么时候休息都可以。"他拍了拍我的头，微笑起来，"总不能永远是你在保护别人，有时候，你也可以试试让别人来保护你。"

不愧是王子啊！温柔的声音，优雅的举止，天然的贵族之气，光是看看就是道风景。

我和千羽凌也算患难之交了，和他相处也格外轻松，于是就这样靠在他的背上，我感到一阵温暖，不知不觉睡了过去。

让我醒来的是一股巨大的魔法反应。

"噌"的一声，附近的火焰突然剧烈燃烧起来，然后转瞬熄灭。

感受到这股波动，我倏地坐了起来，这才发现自己刚才在千羽凌的膝盖上不知睡了多久。

"怎么回事？"

"好像是要召唤开始了……"千羽凌轻声说。

什么？不是说好一起的吗？

我跑向祭坛的方向，果然，看到的是白尘那修长冷峻的背影。

"别过来，你在这里等我。"他忽然转过身，坚定地说道。

"不行，你一个人太危险……"

绝对不行，让他一个人面对水魔灵实在太危险！

曾经在蜜亚王国，我和他一起打退过火魔灵，可两个人几乎倾尽全

力才将它击退。

而这一次他是单独面对难缠到极点的水魔灵，其中的凶险程度不是靠想象就能描述出来的。

"我已经决定了。"白尘打断了我的话，轻轻地走了过来，"你不能再随便使用魔法，还想重蹈上一次的覆辙，从我的面前消失吗？"

白尘坚决的语气容不得我有半分的反驳，他已经很久没有用这样冷漠的语气和我说话了。事实上，他也从来没有如此强硬地要求我做任何事。

"我一定会把他救回来，所以你一定要等我。"

强而有力的双手抓上了我的肩膀，我只看到他快速放大和清晰的脸庞，嘴唇上一股湿湿的温热传来，等我回过神时，面对的只有陷入水雾之中的祭坛。

我无力地瘫坐在地，不敢想象将会面临什么样的结果。

神殿的中心被一股强大的魔力封锁起来，让我丝毫感受不到里面的动静。

千羽凌拉起坐在地上的我，紧紧地抓着我的手，无声地安慰。

没有人说话，没有人敢弄出任何动静，现场只有众人沉重的呼吸声和紧张的心跳。

我们能够做的，只有焦急和耐心地等待。

时间就像一把无形的利刃，在一点一点切割我的内心。也不知道过了多久，魔法禁制消失不见了，我第一时间跑了进去。

四周的火光重新点燃，水雾消散，眼前的一切再度清晰可见。

我没有看到白尘，在原地茫然找了一圈，才听到千羽凌的声音，"夕音，诗泉已经没事了……"

我这才回过神来，想起去查看诗泉的伤势。

他脸上已经恢复了少许的红润，胸前裹着的纱布虽然被鲜血浸红一大片，不过已经没有了黑暗魔法的波动，而且已经开始慢慢复原。

看来白尘做得很成功，这样一来，只需要很短的时间便可以复原。

我急急忙忙赶往白尘的住处，也顾不得那么多，直接一头闯进了他的卧室里，然后我发现了一件好事和一件坏事。

好事是白尘果然回到房间休息了。坏事是蓝叶正在照顾他。

"你来了。"

"我……只是来看看你。"

"我没事。"他除了有一些脱力，似乎真的没什么，大概……是因为有蓝叶帮忙的原因吧！

蓝叶还是一样的沉默，看到我也没说话，也没什么反应，只是平静地站起来走了出去，但这反而让我胆战心惊，不懂她脑子里在想些什么。

还是说我多心了？

蓝叶离开后，单独的相处让我一时间手脚都不知道往哪里放了，以前可不是这样的，为什么自从来到水国之后，我一见到他，就有一种莫名的想要逃跑的冲动？

我局促地坐在远离床边的一张椅子上，双手捏着衣角，手心中布满了汗水。

"你明天还有很多事，早点回去休息吧！"许久之后，白尘才说道。

"好……啊，不，我不走！"

接下来又是沉默，好长的沉默，直到我都快要透不过气来了，白尘才再次开口。

"为什么躲着我？"

"对不起。"我垂下头，握紧拳头，鼓足勇气说，"我不是有意的……我再次回到这里，也是为了见你，只是……我又真的害怕……"

"怕什么？"

"我觉得很多事已经超出我的控制了……"我的声音有一点颤抖。

直到现在,我仍然说不出口,为什么我会来到这个时空。我不忍心告诉白尘他曾经经历过蓝叶的背叛,经历过分离与死亡。

我想保护他,不管是不是和他在一起,我都希望他好好活着,不要经历那些痛苦的事。

"别怕。"他有些脱力的手轻轻放在我的头上,然后缓缓下滑,磨蹭着脸颊,他的声音轻若羽毛,好像每个音节都会揉进我的心脏里,又重复说了一遍,"不用害怕。"

我感到自己的眼眶在迅速地发着热。

"嗯。"我用力点了一下头。刚才是说不出来,现在又觉得不需要说什么了。

"我会一直在的。"他又说。

"嗯。"

"你不用那么拼命来找我,我也在这里。"

"嗯……"眼泪轻易地掉出来,泪腺好像失控了一样,源源不止湿了满面。所有努力都是值得的,所有的一切都没有白费。

我们就这样坐着,等他一点点恢复魔力,直到夜幕的再次来临。

第二天一大早,我还没有从疲劳中清醒过来,就听见神殿外面一片吵嚷。

诗泉经过一夜休息,竟然已经可以起床工作,在别人的搀扶之下到外面查看疫情,并且以神殿的名义将消息传递了出去——瘟疫已经解决,再也不用担心了。

很多人都激动得不行,有失声痛哭的,也有开心得闹成一团的。

我远远地看着他们相濡以沫的情景,在心里暗暗发誓,一定要好好保护水国这个美丽的国家。

"在看什么?"

白尘不知何时来到了我的身边,同时一件蓝色的天鹅绒披风搭在了我的肩上，正好抵御水国清晨浓重的雾气。

"哎，要是没有那些讨厌的纷争，我们能一直生活在这里不是也挺好的吗？"我笑着说，发现自己还蛮喜欢这个地方的。

虽然最理想的结局是想办法将白尘一起带回一千年后，但是他现在肯定也丢不下蜜亚王国，所以只能再等等了。

"你对蓝叶有什么看法？"白尘的声音突然打断了我的发呆。

啥？忽然间听到这个名字，我着实吓了一跳，好一会儿才平静下来。

"什么看法？"

"你好像很怕她。"他嘴里说着好像，其实看样子就是肯定。

"也……没有啦……你想多了！"我选择了装傻，"我还有点事，去看看诗泉……"

说着，我转身往诗泉那边走去。

其实昨晚我就在想一件事：水国这次爆发的瘟疫，实在有些太过离奇。

为什么偏偏是我们刚刚抵达水国的时候，为什么怪兽留下的那团黑色物质中，还暗藏着惊人的杀机？

我知道这些都是葵理安排的，然而执行的人又是谁呢？

除了蓝叶，不会有别人了。

可这个时候将真相戳破，白尘的立场就会十分的尴尬和危险，他和蓝叶一样是蜜亚的人，如果蓝叶被拆穿，那白尘也很难逃脱关系。

到时，不说水国这边的人会怎样，那对狠毒的双子，想必也不会放过这个机会，将责任推给白尘，趁机对他不利。

所以，我现在什么也不能说。明明罪恶的阴谋者就在眼前，可是我却只能忍气吞声。

4

由于及时铲除了病源，所以瘟疫的范围并没有太多的扩大，可是昨天晚上还是有几百个人遭到感染。

国王派出去的人已经将大量的草药运了回来，现在十几口大锅正日夜不停地熬着草药，情景异常壮观。

白尘也不顾自身的魔力还没有复原，开始为病情比较严重的人使用魔法治疗，看着他有些疲惫的样子，我实在有些心疼，毕竟这些都是我的工作，可他为了不让我消耗掉时空之钻的魔力，全都自己揽了下来。

半个月之后，一场让上千人痛苦不堪的瘟疫，在大家齐心协力下，终于渐渐平静了下来。除了少数病情比较严重的还需要休养之外，大部分人都已经恢复了生机和活力。

这段时间里，白尘每天都坚持用魔法给病人疗伤，从没间断，让水国人民对蜜亚王国的敌意稍微有了一些缓解。他的声望差点就要超过我了。

我也因为战胜了疫情而比较兴奋，等不那么忙的时候，就整天拉着他到处去玩。

可这样悠闲的日子并没有持续多久。很快我们就收到了从蜜亚来的消息，说蜜亚王国最近经常遭受魔物的侵袭。

一股不好的预感在我心里升起，白尘离开的时候也快来了。

虽然早就知道迟早会有这么一天，可是当这一天来临的时候，我却是这样束手无策。

"大祭司！"

这天，蓝叶再次出现，手里捧着一样东西，当我看清那是葵理的书信时，心里顿时就凉了一大截。

这一天终于来了。

蓝叶跟我们来水国，本来就是奉葵理的命令，利用怪兽散播瘟疫，现在这件事已经解决，葵理当然不会放任他们还留在水国。

我知道这一定是葵理召回白尘的书信。

白尘看完了信，一言不发。和他的反应相比，我反而要轻松多了。

"是葵理让你回去吗？"我问。

"是的。"他回过头来，似乎有些困惑为什么我可以笑得出来，"我……明天就回去。"

"那就去吧。"

他的目光显得更困惑了，那黑曜石般的眸子似乎有些不满地瞪着我。好久没看到他露出这种丰富的表情，我一下子被逗乐了。

"我早就有心理准备了，知道你不会一直留在这里，我也没有打算永远留在水国，我的时间是有限的。"我拿时空之钻给他看，就算这么小心，颜色已经变得半透明了，"继续下去，早晚都会分开的，所以，我会想其他的办法……"

"带你一起离开这个时空。"后面的半句没说出来，当然是等这一切的事都解决以后。

白尘挑眉无声地向我询问，我只是一笑，"下次见面的时候再告诉你，到时候，我会向你解释一切的。"

到时，就算你不愿意，我也不会听你的！

我的手倏地被一股力量握住了。

白尘的手指有点冰凉，却干燥有力，他用力看着我问："还记得我说的话吗？"

"当然记得！"我回望过去，感觉自己的眼睛正在闪闪发亮，我轻轻将嘴唇贴向他的指尖，"向你发誓，我会保护你。"

似乎有点可笑，明明总是一次又一次给他添麻烦，却在这儿信誓旦旦说什么"想要保护你"。

然而这都是真的。

如火的夕阳仿佛将天空燃烧一般,在整个地平线上渲染出绚丽的色彩,像是感受到我的认真,他的神情也变得凝重起来。

发丝像漆黑的丝绸在黄昏镀上金色的边,我深深望向他眼睛深处,"回去吧,去做你觉得该做的事。"

第九章
THE NINTH CHAPTER

宿命的恋人

强大的魔法与魔法碰撞下发出的光,几乎都要盖过日光,我紧紧抱住他,像是确认他的气息一般,将脸用力埋在他的肩膀上,然后一咬牙,最大限度地使用魔力,甚至超过身体的负荷,霎时头晕脑胀,我感觉到他的手用力抱着我,像要嵌入彼此身体似的用尽全力,只是与我紧紧相拥。

—— 1 ——

　　白尘和蓝叶他们离开的时候，我并没有去送行，或者说，也没有时间送行。

　　我不想刺激到蓝叶，而且虽然该做的工作几乎都由诗泉帮我做光了，但我开始埋头研究时空魔法，所以几乎连睡觉的时间都没有。

　　不知道下次魔力耗尽、时空之钻碎掉是什么时候，在那以前，一定要找到可以将白尘带走的办法。

　　留在这个时代，有太多的阻力和意外，始终不能放心，这种根本就不知道第二天会发生什么的生活，我实在有些怕了。

　　只是希望这段时间里，不要再出什么麻烦事才好。

　　但命运往往就是这样捉弄人，我的乌鸦嘴又一次灵验了。

　　这天当我刚刚睡下的时候，就被闯进来的诗泉猛力晃醒，"祭司大人！出事了！"

　　"什么？"我抱着魔法书刚刚迷迷糊糊地要入睡，被他晃了半天头都晕了，"诗泉……你下次记得敲门啦，我还没穿衣服……"

　　"出事了！"他像是没听到我的抱怨，一脸焦急地看着我，"蜜亚王国向我们宣战了！"

　　什么？！这又是什么情况？

　　我呆了呆，然后足足花了一分钟来理解他这句话的意思。

　　蜜亚王国？向我们？宣战了？是指向水国宣战了？我晃了晃头，这事太过震撼，我实在难以消化。

在我们那个时代,活了十七年还没见过打仗的呢……

"不止是宣战,昨晚他们的军队就没有任何事先告知地突袭了过来,还放火烧了一部分芦岛,很多人无处可去,流亡到其他岛上,剩下的都被他们杀了!"

我听得目瞪口呆。我知道葵理是个变态疯子,可我不知道竟然变态到这个地步!

白尘不是回去了吗?急匆匆地离开看来是跟这个有关?他为什么没有阻止葵理?

来不及想这些,我被诗泉拉着去中心芦岛上见国王。

水国的皇帝和一群武将都在沉默地等着我,一见我来了,纷纷向我投来期待的目光。

"皇帝陛下,这是怎么回事?"

水国皇帝从案上拿给我一张信纸,一眼看见上面居然盖着蜜亚王国的印章,心里就凉了半截。

"祭司大人,我想知道,蜜亚王国的大王子是否真的在我们水国?"

面对皇帝的询问和无数道目光,我知道这件事情再也不能隐瞒下去,便轻轻地点了点头。

"对不起,皇帝陛下,我不是想要刻意隐瞒……"

"不用说了,"皇帝轻轻地摆了摆手,略显无力地坐了下来,"这事情不能怪任何人,就算没有这样的事情,蜜亚王国仍旧会找借口和理由来侵略我们,这是一场怎样都无法避免的战争!"

"不——"千羽凌突然从外面闯了进来,"国王陛下,请原谅因为我的关系,给水国带来这样的不幸。"

他眼眶都红了,拳头握紧,整个人都处于崩溃的边缘,国王将他扶住,"孩子,这不关你的事,这只是葵理的借口。这些年,蜜亚附近的国家都一直被他侵犯,我们水国偏僻,又是在水上,所以才能逃到今天,

可前阵子的瘟疫也死了很多人,一直逃避是没有用的!"

千羽凌却不听,猛地从我手中夺过信纸,快速地看了一遍,然后说道:"这信上说,只要将我交出去,便可避免这场战争!我现在就出去,还来得及!"

国王看了看他,最后将目光投向了我。

而我也不知道该说什么才好,整个脑子都糊涂了,那么多条人命相关,那么重大的事,我根本不知道该怎么办。

"千羽凌,就算是把你交出去,这场战争仍旧不可避免,你确定自己要去送死吗?文书中,你可是叛国的罪名。"国王沉声说。

"没关系。起码不会因为我,而让水国遭受战火。"

"但是你真的会死的!"我忍不住终于喊了出来,葵理不会放过他,我知道的,他回去肯定马上就会被处死,我不能坐视不理,"你应该比我更加了解那对双子的性格,他们不会是说话算数的人,他们早就想毁掉水国,像国王陛下说的,你的事情只是个借口!"

"不⋯⋯我不能⋯⋯"千羽凌用力地摇头,"也许还有其他的办法,水国不是蜜亚王国的对手⋯⋯"

"那今天把你交出去,明天是我,后来呢,又是谁?不会有结束的那一天!"我抓紧他的手,"你冷静一点想想!"

千羽凌的手在颤抖,我的也一样。

本来都下定决心研究时空魔法,其他的事都不管了,可现在又怎么可能真的坐视不理。不管被关禁闭也好,被双子折磨也好,从来没有为自己愤怒过的千羽凌,这一次为了水国无辜的人,几乎要崩溃了。

"大祭司说得没错。"许久后,国王坚毅的声音打破了沉默,"这是没办法逃避的,他们已经来了,已经烧了我们的岛,杀了那么多人,这是筹备已久的,不可能轻易撤离,一味逃避下去只会再度遭到葵理的暗算,我们必须要迎战!"

水国的武将估计早就受够了蜜亚王国的气,见国王支持迎战,也纷纷赞同,一个个神情激动,兴奋的神色在脸上展露无遗。

"现在我宣布,"苍老的声音在大殿里回荡,"我们水国上下一心,共同抵抗蜜亚王国的入侵!"

这一天,战争的消息向风一样迅速传遍水国的每个角落。

—— 2 ——

我第一次真正地面对战场,不是在故事中,不是在画册里。这种感觉比想象中的更加令人震撼,还在老远,炮弹轰鸣声和士兵的厮杀声就不绝于耳,巨大的号角声时不时沉沉响起,发出的声音回荡在水波之上更显得悲凉。

我所在的这艘船被保护得很好,没有靠近战场中心,远离炮弹和敌方,只在后方观察,可是当我踏出船舱,看到海面无数的船只碰撞着、攻击着,船上两方的士兵们杀得不可开交,无数弹药、弓箭和魔法在空中密密麻麻地划过,又有船被击沉,又有一大波士兵被翻进了水里不停地挣扎,还有水面染出来的大片血色,一切都让我像是定格了一样,半天回不过神来。

那时候我已经不知道受伤的或是死去的是哪一方的士兵,尽管他们身上的盔甲都完全不同,可是在我眼里全都一样,他们都是活生生的人,却在这里像是微弱的毫不重要的成群蝼蚁一样,随时死去。

那么多的船像是布满了整个水面,小白的船又在哪里?他会不会被波及到……

"夕音小姐,您还是进去休息吧。"诗泉紧跟着我走出船舱,看到我脸色,像是抚慰一样地说,"您只是来激励士兵的士气,还有用魔法辅

助战场,不到最危急的关头是不需要亲自出战的。"

"为什么会这样?葵理真的疯了吗?"我盯着面前的战场喃喃地说着,"就因为他的疯狂,其他人就必须要付出生命吗?"

我已经完全不敢去想节省魔力这样的事。

这几天,我一直无休止地使用魔法,就为了更快地结束战争,到现在我几乎都不敢去看时空之钻究竟是怎样的状态了,不知道可以撑多久,感觉随时碎掉都有可能。

"这样真的有意义吗?"

"当然,为了让更多人能生存下去!"诗泉美丽的大眼睛里闪动着燃烧一般的光芒,可是随即又浮现出恨和愤怒,"蜜亚王国就不一样了,他们是为了侵略,是为了那个暴君的一时兴趣,士兵就要被拉上根本不擅长的水上作战。"

"可现在大家的伤亡都很惨重……"

"夕音小姐……"诗泉眼中的光芒黯淡下来,过了一会儿才说,"有时候牺牲是必要的。"

可我不想这样,不想和最重要的人站在对立面。

我自己也是蜜亚王国的人,哪怕我生活的时代是在一千年以后,但也不愿意面对这样的局面。

白尘究竟怎么样了?

据说他和军队一起来了边境,可这些天完全没有他的消息,也没有大型魔法的波动,让我无法不去担心。

他肯定会反对葵理随意发动战争,会全力去阻止,然后……然后葵理会怎么对待他呢?

无论如何我都想见他,确认他的消息。

一想到要见白尘,我的心已经预先"怦怦"狂跳起来,可是我不能让诗泉看出端倪,他肯定会制止我的。我必须自己偷偷溜到边境去,找到小白所在的船。

入夜后两军暂时停止交战，可是现在是在战场，不管什么时候都是处于全军戒备的状态，想要在千军万马中找到白尘肯定是难上加难，我一直装着镇定让诗泉放心，找到最好的时机才偷偷溜了出来。

用隐身术加飞行术消耗的魔法特别大，而且蜜亚军队还有特别的反魔法监控，我几乎是在刀尖上行走，格外小心地在半空中四处寻找着。

还好我对白尘总是有着特殊的感应，一路飞行，过了许久，终于看到了一艘非常隐蔽但是防守很稳固的船，可以让我感觉到浅浅的专属于白尘的气息。

虽然他向来喜欢独处，我还是用了透视魔法确定了船里面没有其他人，才小心地降落到甲板上，不知道是不是错觉，虽然我已经用了最不可能被察觉的方式降落，还是感觉白尘所在的船舱内传出来的气息为之一凛，随即很快就消失了。

我想大概是自己多心，确定自己躲过了反魔法监控，收敛好法术潜进船舱的时候，看到的是白尘的背影，他正在看墙上挂着的海图，看起来是那么安静和从容。

我却激动得几乎就要克制不住，"小白"的呼喊声马上就要冲破喉咙，可是还没有蠢到真的那样做，感觉到后面巡逻士兵的脚步声，我悄悄地往房间里面移步。

白尘这时候却突然转过身来，让我看清了那张俊美得像是会发光一样的脸庞，我朝思暮想出现在梦中的脸，这个时候离我越来越近。他在走近我？！可是我已经用了几乎全部的力量在控制魔法了呀。

白尘一直走到我的跟前，手一带关上了船舱的门，隔绝了外部的脚步声和海浪声，房间内顿时变得温暖而安静。

"不要收敛魔法，这样也会消耗太多魔力。"

白尘轻轻地说着，转过脸面向我这一边，他的表情依然是冷静淡然，

219

宿命的恋人

唯独眼神是那么的笃定而热烈。

我一下子呆住了。他真的发现我了！我不再隐身，把所有力气用来抱紧他，感觉他也在深深地拥抱着我，毫无保留地传达着他也在想念我，这种感觉让我脑袋里甜蜜得一片空白，整个人都像是融化了一般，几乎站立不稳。

"你太莽撞了，怎么会这么大胆？！你知不知道这有多危险？"

小白仍然低头拥抱着我，磁性的嗓音就在我的耳边响起，让我也激动得直颤。

"我……一直没有你的消息，我怕葵理对你不利，所以……"一路过来我都还算冷静，可不知道为什么，在看到他的那瞬间，我突然哭了，简直泣不成声。我也不明白自己为什么哭成这样，心里的各种情绪好像一下子爆发了，抱着他哭个没完没了。

"笨蛋。"白尘轻轻地叹了口气，手上的力道却更加收紧。

我用衣袖擦着泪水，抬起头看着他，"可是你怎么会发现我的？我的隐蔽术真的这么失败？"

"我不是因为魔法气息发现你的。"白尘也稍松开了一些，回视我的脸。

"那是因为什么？"

"我也有隐藏魔法，你又是怎么找到我的？"白尘看着我惊讶的表情，很浅地笑了一下，"你是怎么感应到我，我就是怎么感应到你的。"

"你……啊……"

我再也说不出话来，不管多少语言都难以表达此刻的心情，我只能久久注视着白尘，直到他低下头，脸离我越来越近，吻上我的唇。

我们深深地拥吻，呼吸交织在一起，密不可分。那一刻我仿佛置身天堂，已经忘记了时间的流走，只觉得被甜蜜的火焰包裹住全身，在他强烈的气息中失去了自我。

直到船舱外的敲门声响起,白尘终于松开我的时候,我几乎已经有些站立不稳。可是抬头看着他的眼神,依然是炽热中带着清朗。

舱外是士兵询问状况,白尘轻描淡写地打发过去之后,微皱着眉头看向我。

"你不可以在这里停留太久,我要送你回去。"

"可是……回去哪里呢?水国的战船里吗?然后跟你成为敌人,拼个你死我活?"

"你选择了这条路,就要走下去。比起跟你在战场上交锋,我更不希望你现在被人发现,然后处死。"他沉静地说。

"如果还有别的路可以走呢?"我紧紧地拉住白尘的手,带着恳求的口气说:"我们先离开这里好不好?我真的担心时空之钻随时会碎掉,我在研究带你去我那个时代的办法,上次我说过,下次见面时会告诉你的……还有,还有很多事,为什么我会来找你,为什么会有那种熟悉的感觉……我都会告诉你的,可是现在我们必须离开……"

"离开这里……"

白尘的神情有微微的变化,像是为之动容,却在我还没来得及燃起希望的时候,他已经恢复了冷峻的神色。

"我是蜜亚王国的大祭司,这个国家已经濒临崩塌,我绝对不可能在这个时候离开。你也是同样。"白尘的声音低沉而铿锵地响起,无比坚定。

"就算你的国王是那么残暴的昏君?"

"我效忠的并不是国王,而是蜜亚王国所有的人民。不愚忠,就可以为了自己丢下所有的人民去过逍遥自在的生活吗?"

我看着白尘的眼睛,深吸一口气。

在他的注视下,我感到自己发热的大脑正在逐渐冷静下来,可偏偏眼泪却越掉越厉害了,泪腺像是彻底崩坏,根本就不受我的控制。

我知道他说得对，就算要离开，现在也不是时候，在这个最差的时机，我根本就不应该说出来的。明明已经下定决心要等一切结束，可现在陷入战争之中，眼看着魔力耗尽，我却还是慌到自乱阵脚，说出这些不负责任的话来。

"夕音……"白尘的眼睛中染上一丝忧郁。

我一把抹去眼泪，声音响亮了起来，也变得更加坚定，"不管什么都可以，相信我。"

"我也是……夕音，你相信我。"白尘抱着我，猛力地收紧了一下，似乎在传达他的信念给我，"我会终止这一切。"

那么有力却又不失温柔的拥抱，我仿佛受蛊惑一般，突然觉得自己一直担心的事都不算什么了，白尘就是我最可靠的屏障，有他在所有的一切都会迎刃而解。

"所以……"说到这里，他忽然有些犹豫起来。

"什么事？"

"你能帮我一个忙吗？"他说。

"当然可以！"想也没想，我马上答应下来。

白尘看着我，叹了一口气，"大王子，您出来吧。"

什么？

他说完之后，我看见在纯白的布帘后面，一个人影闪动了一下，随即钻了出来。

"千羽凌！"我整个人惊得险些跳起来，白尘动作迅速地掩住了我的嘴。

"呵呵呵……"他似乎有些尴尬的样子，对着我苦笑，"没想到你也来了。"

我？也？

我整个人都糊涂了，不，这不是重点！想到刚才千羽凌就一直躲在布帘后面,而我却跑进来吻上白尘……这不是都被他看到了吗?

"没想到你这么会表白。"他凑到我耳边小说声。

一瞬间,我的脸迅速涨红,这家伙!他还笑我,我简直想撞死算了……

白尘也稍微有些不自在,白皙的脸上微微有些泛红,不过很快还是冷静下来,"大王子混在士兵之中找到我,我也没想到你们会同时来。"

"你为什么来找白尘?"这几天一直忙于给士兵治疗,确实没见到他……原来是混进蜜亚王国的士兵中去了……胆子也太大了吧?

被发现肯定死路一条啊!

"大王来找我,要我带他回蜜亚见国王。"白尘解释道。

"什么?"我一听就急了,"你怎么还在说这个,都说了就算不是因为你,葵理也一样会发动战争的。"

"可是,我不能这样躲下去。"千羽凌坚决地摇了摇头,"我既然到了这里,就已经下定决心,我要去见葵理,我会阻止他。"

"不行,太危险了。"我断然拒绝,"不要拿性命开玩笑。"

"那你就愿意看着那些无辜的人一个个倒在战场上?"千羽凌突然吼了起来,他用力瞪着我,好像在我背后有着他不共戴天的仇人,眸子里燃烧着炙热的怒火。

很快,他意识到现在不能大吼大叫,于是低下头去用力呼吸,将声音压低,"如果牺牲我一个人就能停止这场战争,还有什么好犹豫的?"

"可是,葵理他根本就……"

"我有办法……虽然只有五成的把握,但也很值得了!只要将我送回蜜亚王国,我就可以试一试,夕音,我求你,不要再阻止我!"

我听得愣住了,下意识地向白尘看去,他却点了点头,"答应他吧。"

"真的只能这样做吗?"

那对邪恶的双子,真的那么容易就同意停下这场战争吗?

"让他去吧。"白尘说道,"我相信大王子不会随便去送死的,夕音,其实我想让你帮的忙就是这个,我现在无法脱身,只有你能保护大王子到蜜亚王国,然后阻止战争。"

"那我要和他一起去见葵理!"

我这句话说完,白尘和千羽凌脸上闪过一丝诧异,不同的是,之后白尘陷入沉默,而千羽凌却微笑起来。

"如果大王子想见葵理,我有一个办法可以直接到皇宫去,而不用把你交给蜜亚王国,这样耽误时间不说,我怕……还没回到蜜亚王国,葵理已经找人对你下手了。"说着,我将时空之钻拿了出来。

原本绯红的颜色,已经变得快接近透明了。

我和白尘对视一眼,彼此的眼神都变得复杂起来。我忍着心里的苦涩说:"小白,记不记得我刚来这个时空的时候,我无意破坏了你们的祭祀,当时你派人抓我,却一直抓不到我,直到我最后自己回来。"

"我记得。"白尘点头。

"那时,我发现这个时空之钻有可以直接让人进行空间传送的魔力……那天逃了很久,也浪费了不少魔力……"说到这里,我笑得有点苦涩,"现在,我也能用这个带着千羽凌一起直接去蜜亚王宫内找到葵理和朱夜,只是……"

"只是什么?"千羽凌原本脸上透出喜色,但见我一脸犹豫,也跟着低落起来。

"只是传到那边之后,我就不能再用一点魔法了,不然……时空之钻就会碎掉,所以,到了蜜亚王宫之后,我就再也不能保护你了!"

"这太危险了……"千羽凌第一反应是想拒绝,"我不能拿你的安危去冒险。"

"那你拿自己的安危去冒险就可以吗?"

"这不一样!"

"有什么不一样?!"

见我们简直要吵起来,白尘有些头疼地阻止我们,"你们小声点,不然所有人都会发现大王子和敌国祭司在我的房间里。"

这句话一出,我和千羽凌马上闭嘴了。

"大王子,让夕音和你一起去吧。"白尘想了想之后,艰难地说着,"你不用太担心,就算发生意外,我相信……国王陛下是不会杀夕音的。"

听他这么说,我顿时想到葵理那危险又邪恶的笑脸,还有他粘腻令人讨厌的吻,我几乎都要忘记了这种感觉,此刻记忆就像苏醒一般,沿着后背爬了上来。

但白尘说得没错。

葵理是不会杀我的,因为我是他还没有厌倦的玩具。

"时间不早了,那现在就去吧!"摇头甩开脑中那些有的没的,我一鼓作气地捏紧了时空之钻。

再在这里待下去,说不定我们就会暴露,到时白尘也会陷入不利的境地。

我将时空之钻放在千羽凌的掌心,再和他一起握住,然后使用了魔力。

白尘向我投来的目光糅合着信任与担忧,如此的复杂。

我无声地向他笑了笑,随即,魔力的波动让空气产生了神奇的扭曲,一阵眼花之后,我和千羽凌离开了这个房间,下一秒,已经踩在柔软舒适的绒布地毯上了。

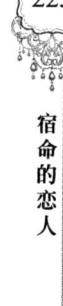

"这是哪儿?"

看着眼前奢华的装饰，我很快确认出这确实是在蜜亚王宫中了，这世上不会有比葵理的王宫更华丽奢侈的地方。

但这是哪儿……王宫太大，也很头疼啊！

"我也不知道……"千羽凌苦笑了一下，"我被关了很多年，对王宫也不熟。"

无奈，我们只好小心地摸索起来。

直到我看到床榻上有一条蓝色的裙子，才突然停下脚步。

那是……蓝叶的衣服。我见她穿过的，不会有错。那么，也就是说……这是蓝叶的房间？

我真想把自己敲晕过去，去哪儿不行，怎么刚好传达到她房间啊！

"嘘……"千羽凌忽然抓着我的手臂，将我推到屏风后面藏起来。

听到清脆的脚步声响起，我差点心脏都要跳出来，可还没来得及藏好，门已经被打开了，真是再糟不过了，蓝叶她站在我们的面前，惊愕地看着我们。

"是你们？"她挑眉，"你们怎么敢来这里？"

非常意外地，她并没有叫人把我们抓起来，而是关好了房门，压低声音问道："大王子，你不知道回来就是送死吗？"

"我知道，但我还是必须要回来，阻止这种无意义的战争。"千羽凌沉静地回答。

我心里在发汗。

别说现在不能随便用魔法，就是平时，我也完全没有把握可以不发出动静就制服蓝叶，反之，现在如果她想让我们死，简直就是轻而易举。

千羽凌却似乎一点也不担心自己随时都有被杀的危险，"我必须要见葵理，而且不能被侍卫发现，所以，需要你的一点帮助。"

蓝叶听后，几乎没有犹豫就说："没问题，我可以带你们去见他。"

她这么干脆，倒实在把我吓到了。

"真的假的？"我掩饰不住自己的惊讶，呆呆地看着她，她怎么可能帮我们？

"我讨厌你，莫夕音。"蓝叶一声冷笑，眼神冰冷地看着我，"但是，我还没疯狂到那种地步，就算你再讨厌，我也更讨厌无辜的人死在这种愚蠢的战争里！"

我听得心里一震。

一瞬间，各种各样的念头在我脑中转过，蓝叶的样子不像是在说谎……我该相信她吗？

可水国的瘟疫又是怎么回事？难道和她无关？

"夕音，走吧。"千羽凌悄悄握紧了我的手，他的目光无声地向我传达着力量。

我终于冷静下来，是的……就算不相信她又怎么办？也没别的办法，如果她想要害我们，根本也不用这么麻烦。

王宫建筑繁多，而蓝叶住在神殿与王宫之中的位置，蓝叶不用看就顺利地找到了葵理的寝宫。

在她的带领下，沿路的侍卫没有任何阻拦，更不会将我们当成刺客。"这个时候，国王陛下和公爵在露台赏星，我只能到这里了，剩下的你们自己解决。"蓝叶说。

我终于安下心来，看来这一次她真的没有骗我们。

千羽凌向她点头致谢。

于是，我们非常神奇地，就这样直接来到露台，那里除了葵理与朱夜，再没有第三个人。

顺利到让我都感慨大概是命运女神的眷顾。

"好久不见了。"

当千羽凌说完这句话，双子惊异不已地抬眼看过来，似乎还没有弄清发生了什么状况。我赶紧虚张声势地在手中凝聚一个魔法，向前走了一步威胁道："请不要出声，否则我不敢保证下一秒你们还有没有说话的机会。"

"呵呵……原来是大哥！"葵理的眼神闪烁，将手缓缓地从腰间的短剑处移开，神态轻松地将目光又转向我，"还有你，你也来了。"

他语气不紧不慢地回答，但眼神已经告诉我，此刻他们的心里已经慌乱起来。他们不怕千羽凌，因为大王子不会杀死他们，可是我作为敌国的大祭司，绝对有一万个杀死他们的理由，而且只需要轻轻地一挥手，他们连惨叫的机会都没有。

"没有想到，废物也有从地上爬起来的时候，你竟然还没死啊，千羽凌。"朱夜倒似乎并不害怕惹恼我们，纤长的手指抵在下巴上，露出如同罂粟花一般梦幻和充满毒性的笑容。

千羽凌并没有被他的话激怒，仍然沉着地说："我回来是希望你们能马上停止这场战争。"

葵理哼笑了一声，眼神充满不屑。

"大哥，这可是一场必胜的战争，站在国家的立场，请您告诉我，我应该用什么样的理由去停止它？"

"这只不过是你们为了满足一己私欲而发起的战争罢了！我不能让我国的士兵去为你们做这些愚蠢的事情！"

"要是……我不答应呢？"葵理笑了起来，他的笑容让我想到很多厌恶的回忆，感到心里一阵发毛，千羽凌应该比我更难受，他在这对双子手中受了太多折磨。

这两个十恶不赦的家伙，除了一肚子坏水什么也没有。我担忧地看着大门的方向，那里随时会有人进来，朝千羽凌递了一个眼神。

"就算你杀了我们，战争也不会停止，大哥你总不会以为你犯了弑君的大罪还能继承王位吧？"

"哼，我才不稀罕什么王位！"千羽凌狠狠地瞪了他们一眼，他大概也看出了双子是在故弄玄虚想拖延时间，便直接说道，"要么马上停止这场战争，要么我就将你们杀死父王的事情告知天下！"

什么？

我再度被这个猛料惊得手中的魔法之火都要震熄灭了……前任国王是被他们杀死的？那可是他们自己的父亲啊！

听着这个足可让世界震动的消息，我不由得感到一阵口干舌燥。

葵理似乎没有料到大王子居然会将这个秘密直截了当地说出来，缭绕的双眼闪过愤怒的杀机，脸色变得铁青。

"我并不在乎王位，就算你们现在将我杀了也不要紧，我已经将你们弑父的证据交给了水国的人，明天就会有人去找白尘大祭司，将证据交给他，到时，想必你们也难以收场！"

"你敢！"朱夜首先被激怒了，他霍地站了起来，用短剑指着千羽凌，如果不是葵理先一步阻止了他，恐怕已经将剑尖刺入了千羽凌的胸膛。

"好吧，我答应你们。"葵理将朱夜推开，他在短暂的震惊之后，反而露出了微笑，"那你呢？你该不会什么都不付出，就想这样跟我谈条件吧？"

察觉到葵理的意图，我心里一沉，"千羽凌……"

他仿佛没有听到我的话，"当然，我会回到王宫，回到被关的地方，任你们摆布。只要我没有死，证据就不会到白尘大祭司手上，这就是我跟你们做的交易。"

"不可以！"我几乎是尖叫了出来。

这样和送死又有什么区别？这对双子不会放过他的，一定会比以前更残忍地折磨他！

"还有一个要求，你们必须让夕音离开，不可以为难她，否则，我就自杀。"他一字一句地说着。

"你胡说什么！"我急了，急得想一拳把他打晕带回去。

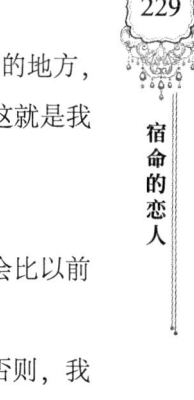

葵理看着我又惊又怒的脸，仿佛从我的表情找到了某种快意，他愉悦地笑出了声，"没问题，完全没问题，我本来就是因为无聊才想把水国给消灭掉的，既然你愿意回来带给我娱乐，那就放过水国，也没什么。"

如果，如果是以前，听到葵理的这段话，我一定会直骂变态，气疯过去。可现在我没有那个空闲去想他说了什么，只是用力看着千羽凌，"你不能这么做。"

"没事的，夕音。"

千羽凌轻声说道，我从未听过这样温柔而哀伤的声音，也从未见过一个人可以露出这么高贵温柔的微笑。

月色下，他如精灵般银白的长发如梦幻一般在夜风中飘落，冰蓝色的眼眸笔直地望向我。

"在遇到你之前，我也一样被关着，没有什么不同。我以为一切都没有希望，我从来没有走出过王宫，即使我憎恨这里。是你救了我，带我去了水国，看到了从未见过的风景，经历了从未有过的事，这已经可以成为伴我度过一生的回忆了。"

他轻轻握了握我的手，温暖的指尖贴在我的掌心。

我看着那冰蓝的美丽双眸，在那里，仿佛有一滴未坠的眼泪。

"每个人有自己的责任，也有自己的命运。我的命运如此，但我并无遗憾，认识你是我的幸运，夕音。"说完，他放开我的手，头也不回地往王宫深处走去……

— 4 —

我没能追上千羽凌，整个人失魂落魄地站着，难受得直想要掉眼泪，我无法相信这就是他的命运。

可我不知道能做什么。

最后竟然是蓝叶将我带走，让我在神殿睡了一晚。

第二天一大早，蜜亚的军队果然开始撤退，葵理并没有失信，或许说，他只是玩腻了吧？

持续半个月的战争结束了。

蓝叶将我送出蜜亚时，见我始终犹豫不定，她忽然冷笑，"你不走又能怎么样？你还想杀了葵理他们吗？蜜亚没有国王，只会陷入混乱与动荡之中，到时第一个倒霉就是水国，如果你想要做蠢事，那就随便你！"

我知道她说得有道理，心里也更苦涩了。

也许我再也见不到千羽凌了。

在蜜亚王都的边境，我停下了脚步。王都丝毫看不出来有战争的痕迹，仍然繁荣无比。

我忽然好想见到白尘。

千羽凌的话让我心酸的同时，也让我再次意识到"命运"这两个字的沉重。

我穿越时空来到这里时，正为了改变我和白尘的命运。然而在命运的面前，即使努力想要抗争，我们却这样的渺小和无力。

"你想要见白尘吗？"蓝叶忽然问我。

我愣了愣，吃惊地抬头看她，随即很快警觉起来，木讷地说："有一点吧……"

"他会用神殿的传送魔法比军队早回来，就在这里等的话，应该很快可以见到他吧。"她笑了笑，指向前面的神殿标志，神色很平静。

既没有那种冰冷的眼神，也没有濒临疯狂的冷笑。

我真的难以想象，她会这样心平气和地跟我说话。我猜不透她的心

思,但在昨晚,她又确实帮助了千羽凌。

"莫夕音,你不是这个时空的人,会给这个世界带来灾难,这是白尘的预言,直到现在我也相信,他没有说错。"蓝叶居高临下地看着我,"如果你没有救走大王子,没有出现在白尘面前,葵理就不会暴怒想要毁掉水国,于是也不会有瘟疫,不会有战争。"

我听得胸口一紧,难以忽略地疼痛起来。

"不……我不是故意的……这不是因为我。"我想要反驳,可一时却不知道该怎么反驳。

说到命运,大概蓝叶和我的敌对也是命运吧。

这点真是怎么都改变不了。

"如果要你离开这个世界,会带白尘一起走吗?"倏地,她忽然在我毫无准备的时候问道。

我有些惊慌地避开了她的眼神,正想否定,她却已然露出了解的神色。

"我知道答案了,你想带走他。"蓝叶的神情仍然平静,仿佛早就有所预料。

这时,一道纯白的光在神殿的标志附近出现,我和蓝叶都感受到了熟悉的魔法波动——是白尘。

他从光里走出来,在王都附近的树林里,上午的阳光淡而温暖,静静照射在他漆黑的发间,为了方便他将头发扎起,露出纤细而洁白的脖颈,同时,脸上的倦容也一览无余。

"白尘一直为所有人治疗,现在魔力所剩无几,一定很累很累了。"蓝叶继续说着,一把将我推了过去,"你不是想见他吗?"

"我……"我有些不知所措,不明白她的意思。

难道说,她原谅了我?

听她的话是这个意思,但我始终有些不敢相信。

我跌跌撞撞地往前走了几步，刚好，白尘转过头来，目光落在我身上，我们沉默着站在原地，平静对视了很久。

我在确认着他的安全，他也在确认着我的安全，用彼此的眼睛。

然后我和蓝叶一起向他走了过去，我们的距离越来越近。我能感受到阳光穿过枝叶落在我们的身上，我甚至可以看到他眼睛下淡淡的黑眼圈。

白尘见我没事，也露出安心的神情来，一瞬间，他松了一口气。

"莫夕音，如果让他和你从这个世界离开。"这时，蓝叶的声音从我身后传来，忽然之间，变得冰冷彻骨，"那么不如让我永远把他留下来。"

不——

我如置冰窖，感到全身的血都在逆流。

一幕幕画面在眼前回放，恐怖当头袭来，不祥的预感贯穿了我的身体。

我喊不出声音，也没有时间去喊，我只能猛地转过身去，看向蓝叶的脸——疯狂的，冰冷的，刻骨的……充满了恨意，还有崩溃一般的绝望。

空气噼啪作响，气流将我的头发卷了起来，她整只右臂都包裹在一团恐怖的紫气之中，随后，从虚空之中抽出一把暗红如血色般的长剑！是魔剑！

蓝叶，她终究还是坠魔了！黑魔法的破坏力无法想象！

不要——

一切都只发生在一瞬间，我慌忙的尖叫声甚至都没能传达出去，只能看到她手中的魔剑笔直地向我们刺来。

"夕音！"白尘反应比我更快，他迅速将我挡住，瞬间造出了透明的魔法墙。

但我知道，那是不够的……根本无法抵挡攻击，他会死的。

我紧紧抱住他，像是确认他的气息一般，将脸紧紧地靠在他的肩膀上，然后一咬牙，最大限度地使用魔力，甚至超过身体的负荷，我从未用过这样强大的防御魔法，霎时头晕脑涨，难受得快要吐出来。

可魔法生效了，蓝叶的剑就抵在透明的魔法墙上，再也无法深入一分，空气中仿佛有无数的火花在燃烧，发出剧烈的撞击声，强烈刺激着耳膜，整个树林都因为巨大的气流而发出声响，树枝摇晃着，树叶摩擦着，沙沙声不绝于耳。

强大的魔法与魔法碰撞下发出的光，几乎都要盖过日光，我眯起眼睛，抬起头，用力看向眼前，看着白尘的脸，在朦胧的视觉之中，露出惊愕而担忧的眼神。

"白尘，拉紧我的手！"我叫喊着。

我感觉到他的手拉紧了我，他用力抱着我，像要嵌入彼此身体似的用尽全力，这一刻好像过了很久，实际又那么短暂，我忘记了一切，只是与他紧紧相拥。

时空之钻在我的手心剧烈发烫，随即"啪"的一声，它再次碎掉了……

图书在版编目（CIP）数据

魔法少女夕音/池小凡著．——北京：当代世界出版社，2013.2
ISBN 978-7-5090-0873-7

Ⅰ．①魔… Ⅱ．①池… Ⅲ．①长篇小说–中国–当代 Ⅳ．① I247.5

中国版本图书馆 CIP 数据核字 (2012) 第 307955 号

魔法少女夕音

作　　者	池小凡
出版发行	当代世界出版社
地　　址	北京市复兴路 4 号（100860）
网　　址	http://www.worldpress.com.cn
编务电话	（010）83908456
发行电话	（010）83908409
	（010）83908377
	（010）83908423（邮购）
	（010）83908410（传真）
经　　销	新华书店
印　　刷	北京普瑞德印刷厂
开　　本	710mm×1000mm　1/16
印　　张	15
字　　数	140 千字
版　　次	2013 年 2 月第 1 版
印　　次	2013 年 2 月第 1 次
书　　号	ISBN 978-7-5090-0873-7
定　　价	22.80 元

如发现印装质量问题，请与承印厂联系调换。
版权所有，翻印必究；未经许可，不得转载！